LA VIE

DE

MARIANNE,

OU

LES AVANTURES

DE MADAME

LA COMTESSE D***,

Par Monsieur DE MARIVAUX.

CINQUIE'ME PARTIE.

A LA HAYE,

Chez JEAN NEAULME,

M. DCC. XXXVIII.

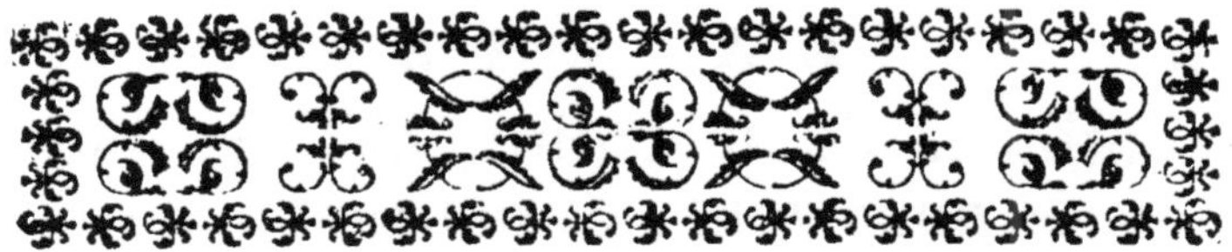

LA VIE

DE

MARIANNE,

OU LES

AVANTURES DE MADAME LA COMTESSE DE ***

Cinquième Partie.

VOICI, Madame, la cinquié-me Partie de ma Vie. Il n'y a pas long-tems, que vous avez reçû la quatriéme : & j'aurois, ce me semble, assez bonne grace à me vanter que je suis diligente ; mais, ce seroit me donner des airs que je ne soutiendrois peut-être pas, & j'aime mieux tout d'un coup entrer modeste-ment en matière. Vous croyez que je suis paresseuse, & vous avez raison ;

continuez de le croire, c'eſt le plus
ſûr, & pour vous, & pour moi : de di-
ligence, n'en attendez point ; j'en aurai peut-être quelquefois, mais ce ſera par hazard, & ſans conſequence,
& vous m'en louerez ſi vous voulez,
ſans que vos éloges m'engagent à les
mériter dans la ſuite.

Vous ſçavez que nous dînions, Madame de Miran, Valville, & moi,
chez Madame Dorſin, dont je vous
faiſois le portrait, que j'ai laiſſé à moitié fait, à cauſe que je m'endormois.
Achevons-le.

Je vous ai dit combien elle avoit
d'eſprit : nous en ſommes maintenant
aux qualitez de ſon cœur. Celui de
Madame de Miran vous a paru extrêmement aimable, je vous ai promis
que celui de Madame Dorſin le vau-
droit bien. Je vous ai en même tems
annoncé, que vous verriez un caractère de bonté différent ; & de peur que
cette différence ne nuiſe à l'idée que
je veux vous donner de cette Dame,
vous me permettrez de commencer par
une petite Réfléxion.

Vous vous ſouvenez, que dans Madame de Miran, je vous ai peint une
femme d'un eſprit ordinaire, de ces

efprits qu'on ne loue ni qu'on ne méprife, & qui ont une raifonnable mé-
diocrité de bon-fens & de lumiere:
au lieu que je vais parler d'une femme, qui avoit toute la fineffe d'efprit
poffible; ne perdez point cela de vûë.
Voici à préfent ma Réfléxion.

Suppofons la plus généreufe & la
meilleure perfonne du monde, & avec
cela la plus fpirituellle, & de l'efprit
le plus délié; je foutiens que cette bonne perfonne ne paroîtra jamais fi bonne, (car il faut que je répete les
mots,) que le paroîtra une autre perfonne, qui, avec ce même dégré de
bonté, n'aura qu'un efprit médiocre.

Quand je dis qu'elle paroîtra moins
bonne, pourvû encore qu'on lui ac-
corde de la bonté; qu'on n'attribue
pas à fon efprit ce qui ne paroîtra
que dans fon cœur, qu'on ne dife pas
que cette bonté n'eft qu'un tour d'a-
dreffe de fon efprit; & voulez-vous
fçavoir la caufe de cette injuftice
qu'on lui fera, de la croire moins bonne? La voici en partie, fi je ne me
trompe.

C'eft que la plûpart des hommes,
quand on les oblige, voudroient qu'on

A 3

ne

ne fentît prefque pas, & le prix du fervice qu'on leur rend, & l'étenduë de l'obligation qu'ils en ont; ils voudroient qu'on fût bon, fans être éclairé ; cela conviendroit mieux à leur ingrate délicateffe , & c'eft-ce qu'ils ne trouvent pas dans quiconque a beaucoup d'efprit. Plus il en a, plus il les humilie; il voit trop clair dans ce qu'il fait pour eux. Cet efprit qu'il a, en eft un témoin trop exact, & peut-être trop fuperbe ; d'ailleurs , ils ne fçauroient plus manquer de reconnoiffance, fans en être honteux; ce qui les fâche au point qu'ils en manquent d'avance , précifément à caufe qu'on fçait trop toute celle qu'ils doivent. S'ils avoient affaire à quelqu'un qui le fçût moins, ils en auroient davantage.

Avec cette perfonne qui a tant d'efprit , il faudra , fe difent-ils , qu'ils prennent garde de ne pas paroître ingrats ; au lieu qu'avec cette perfonne qui en auroit moins, leur reconnoiffance leur feroit prefque autant d'honneur que s'ils étoient eux-memes généreux.

Voilà pourquoi ils aiment tant la bon-

bonté de l'une, & pourquoi ils jugent avec tant de rancune de la bonté de l'autre.

L'une sçait bien en gros qu'elle leur rend service, mais elle ne le sçait pas finement ; la moitié de ce qui en est, lui échape faute de lumiere, & c'est autant de rabattu sur leur reconnoisfance, autant de confusion d'épargnée. Ils sont servis à meilleur marché, & ils lui en sçavent si bon gré, qu'ils la croyent mille fois plus obligeante que l'autre, quoique le seul mérite qu'elle ait de plus, soit d'avoir une qualité de moins ; c'est-à-dire, d'avoir moins d'esprit.

Or, Madame de Miran étoit de ces bonnes personnes, à qui les hommes en pareil cas sont si obligez de ce qu'elles ont l'esprit médiocre ; & Madame Dorsin de ces bonnes personnes, dont les hommes regardent les lumieres involontaires comme une injure, & le tout de bonne-foi, sans connoître leur injustice ; car ils ne se débrouillent pas jusques-là.

Me voilà au bout de ma Réfléxion. J'aurois pourtant grande envie d'y ajouter encore quelques mots pour la rendre complette. Le voulez-vous

 bien?

bien? Oui, je vous en prie. Heureusement que mon défaut là-dessus n'a rien de nouveau pour vous. Je suis insupportable avec mes Réfléxions, vous le sçavez bien. Souffrez donc encore celle-ci, qui n'est qu'une petite suite de l'autre; après quoi je vous assure que je n'en ferai plus, ou si par hazard il m'en échape quelqu'une, je vous promets qu'elle n'aura pas plus de trois lignes, & j'aurai soin de les compter. Voici donc ce que je voulois vous dire.

D'où vient que les hommes ont cette injuste délicatesse dont nous parlions tout à l'heure? N'auroit-elle pas sa source dans la grandeur réelle de notre ame? Est-ce que l'ame, si on peut le dire ainsi, seroit d'une trop haute condition pour devoir quelque chose à une autre ame? Le titre de bienfaiteur ne sied-il bien qu'à Dieu seul? Est-il déplacé par-tout ailleurs?

Il y a apparence; mais qu'y faire? Nous avons tous besoin les uns des autres; nous naissons dans cette dépendance, & nous ne changerons rien à cela.

Conformons-nous donc à l'état où
nous

nous fommes; & s'il eft vrai que nous foyons fi grands, tirons de cet état le parti le plus digne de nous.

Vous dites que celui qui vous oblige a de l'avantage fur vous: eh bien, voulez-vous lui conferver cet avantage, n'être qu'un atôme auprès de lui, vous n'avez qu'à être ingrat. Voulez-vous redevenir fon égal, vous n'avez qu'à être reconnoiffant; il n'y a que cela qui puiffe vous donner votre revanche. S'enorgueillit-il du fervice qu'il vous a rendu, humiliez-le à fon tour, & mettez-vous modeftement au-deffus de lui par votre reconnoiffance. Je dis modeftement; car, fi vous êtes reconnoiffant avec fafte, avec hauteur, fi l'orgueil de vous venger s'en mele, vous manquez votre coup; vous ne vous vengez plus, & vous n'etes plus tous deux que de petits hommes, qui difputez à qui fera le plus petit.

Ah! j'ai fini. Pardon, Madame, en voilà pour long-tems, peut-être pour toujours. Revenons à Madame Dorfin, & à fon efprit.

J'ignore fi jamais le fien a été caufe qu'on ait moins eftimé fon cœur qu'on ne le devoit ; mais comme vous avez été frappée du portrait que je vous ai fait de la meilleure perſonne du monde , qui du côté de l'eſprit n'étoit que médiocre , j'ai été bien aiſe de vous diſpoſer à voir ſans prévention un autre portrait, de la meilleure perſonne du monde auſſi , mais qui avoit un eſprit ſupérieur ; ce qui fait d'abord un peu contr'elle, ſans compter que cet eſprit va néceſſairement mettre des différences dans ſa manière d'être bonne, comme dans tout le reſte du caractère.

Par exemple, Madame de Miran, avec tout le bon cœur qu'elle avoit, ne faiſoit pour vous que ce que vous la priïez de faire , ou ne vous rendoit préciſément que le ſervice que vous oſiez lui demander ; je dis que vous oſiez, car on a rarement le courage de dire tout le ſervice dont on a beſoin ; n'eſt-il pas vrai ? On y va d'ordinaire avec une diſcrétion qui fait qu'on ne s'explique qu'imparfaitement.

Et avec Madame de Miran, vous y perdiez ; elle n'en voyoit pas plus que vous lui en diſiez , & vous ſervoit littéralement.

Voi-

Voilà ce que produifoit la médiocreté de fes lumieres; fon efprit bornoit la bonté de fon cœur.

Avec Madame Dorfin, ce n'étoit pas de même; tout ce que vous n'ofiez lui dire, fon efprit le pénetroit; il en inftruifoit fon cœur, il l'échauffoit de fes lumieres, & lui donnoit pour vous tous les dégrez de bonté qui vous étoient néceffaires.

Et ce néceffaire alloit toujours plus loin que vous ne l'aviez imaginé vous-même. Vous n'auriez pas fongé à demander tout ce que Madame Dorfin faifoit.

Auffi pouviez-vous manquer d'attention, d'efprit, d'induftrie; elle avoit de tout cela pour vous.

Ce n'étoit pas elle que vous fatiguiez du foin de ce qui vous regardoit, c'étoit elle qui vous en fatiguoit; c'étoit vous qu'on preffoit, qu'on avertiffoit, qu'on faifoit reffouvenir de telle ou telle chofe, qu'on grondoit de l'avoir oubliée; en un mot, votre affaire devenoit réellement la fienne. L'intérêt qu'elle y prenoit n'avoit plus l'air généreux à force d'être perfonnel; il ne tenoit qu'à vous de trouver cet intérêt incommode.

Au

Au lieu d'une obligation que vous comptiez avoir à Madame Dorſin, vous étiez tout ſurpris de lui en avoir pluſieurs que vous n'aviez pas pré-vûës ; vous étiez ſervi pour le préſent, vous l'étiez pour l'avenir, dans la même affaire. Madame Dorſin voyoit tout, ſongeoit à tout, devenant toujours plus ſerviable, & ſe croyant obligée de le devenir à meſure qu'elle vous obligeoit.

Il y a des gens, qui, tout bons cœurs qu'ils ſont, eſtiment ce qu'ils ont fait, ou ce qu'ils font pour vous, l'évaluent, en ſont glorieux, & ſe diſent, Je le ſers bien, il doit être bien reconnoiſſant.

Madame Dorſin diſoit : Je l'ai ſervi pluſieurs fois, je l'ai donc accoûtumé à croire que je dois le ſervir toujours ; il ne faut donc pas tromper cette opinion qu'il a, & qui m'eſt ſi chere ; il faut donc que je continue de la mé-riter.

De ſorte qu'à la manière dont elle enviſageoit cela, ce n'étoit pas elle qui méritoit votre reconnoiſſance ; c'é-toit vous qui méritiez la ſienne, à cauſe que vous comptiez qu'elle vous ſerviroit : elle concluoit qu'elle devoit

vous

vous fervir, & le concluoit avec un plaifir qui la payoit de tout ce qu'elle avoit fait pour vous.

Votre hardieffe à redemander d'être fervi faifoit fa récompenfe, fon fubli- me amour propre n'en connoiffoit point de plus touchante ; & plus là-deffus vous en agiffiez fans façon avec elle, plus vous la charmiez, plus vous la traitiez felon fon cœur ; & cela eft admirable.

Une ame qui ne vous demande rien pour les fervices qu'elle vous a ren- dus, fi-non que vous en preniez droit d'en exiger d'autres, qui ne veut rien que le plaifir de vous voir abufer de la coûtume qu'elle a de vous obliger ; en vérité, une ame de ce caractère a bien de la dignité.

Peut-être l'élevation de pareils fen- timens eft-elle trop délicieufe, peut-être Dieu défend-il qu'on s'y complai-fe ; mais, moralement parlant, elle eft bien refpectable aux yeux des hom-mes. Venons au refte.

La plûpart des gens d'efprit ne peu-vent s'accommoder de ceux qui n'en ont point, ou qui n'en ont gueres ; ils ne fçavent que leur dire dans une converfation ; & Madame Dorfin,
qui

qui avoit bien plus d'esprit que ceux
qui en ont beaucoup, ne s'avisoit
point d'observer si vous en manquiez
avec elle, & n'en desiroit jamais plus
que vous n'en aviez, & c'est qu'en
effet elle n'en avoit elle-même alors
pas plus qu'il vous en falloit.

Non pas qu'elle vous fît la grace de
regler son esprit sur le vôtre; il se
trouvoit d'abord tout reglé, & elle
n'avoit point d'autre mérite à cela,
que celui d'être née avec un esprit naturellement raisonnable & philosophe,
qui ne s'amusoit pas à dédaigner ridi-
culement l'esprit de personne, & qui
ne sentoit rapidement le vôtre, que
pour s'y conformer sans s'en apperce-
voir.

Madame Dorsin ne faisoit pas réfléxion qu'elle descendoit jusqu'à vous,
vous ne vous en doutiez pas non
plus; vous lui trouviez pourtant beaucoup d'esprit, & c'est que celui qu'elle gardoit avec vous ne servoit qu'à
vous en donner plus que vous n'en
aviez d'ordinaire, & l'on en trouve
toujours beaucoup à qui nous en donne.

D'un autre côté, ceux qui en
avoient, tâchoient d'en montrer le
plus

plus qu'ils pouvoient avec elle ; non
qu'ils cruſſent qu'il falloit en avoir, ni
qu'elle examineroit s'ils en avoient ;
mais, afin qu'elle leur fît l'honneur de
leur en trouver : c'étoit la ſeule force
de l'eſtime qu'ils avoient pour le ſien
qui les mettoit ſur ce ton-là.

Les femmes ſur-tout s'efforçoient
de faire preuve d'eſprit devant elle,
ſans exiger qu'elle en fît autant ; ſes
preuves étoient toujours faites à elle.
Ainſi elles ne venoient pas pour voir
combien elle avoit d'eſprit, elles venoient ſeulement lui montrer combien
elles en avoient.

Auſſi, les laiſſoit-elle étaler le leur
tout à leur aiſe, & ne les interrom-
poit-elle le plus ſouvent que pour ap-
prouver, que pour louer, que pour
les remettre en haleine.

Il me ſembloit lui entendre dire :
Allons, brillez, Meſdames, courage :
& effectivement elles brilloient, ce
qui demande beaucoup d'eſprit ; &
Madame Dorſin ſe contentoit de les y
aider ; ſorte d'inaction ou de déſinté-
reſſement, qui en demande bien davantage, & d'un eſprit bien plus
mâle.

Vous auriez dit de jolis enfans,

V. Partie.   B   qui,

qui, pour avoir un juge de leur adref-
fe, venoient jouer devant un homme
fait.

Voici encore un effet fingulier du
caractère de Madame Dorfin.

Allez dans quelque maifon du monde que ce foit; voyez-y des perfonnes de différentes conditions, ou de
différens états; fuppofez-y un Mili-
taire, un Financier, un Homme de
Robbe, un Eccléfiaftique, un habile
Homme dans les Arts, qui n'a que
fon talent pour toute diftinction, un
Sçavant qui n'a que fa Science; ils
ont beau être enfemble, tous réünis
qu'ils font, ils ne fe mêlent point,
jamais ils ne fe confondent; ce font
toujours des étrangers les uns pour
les autres, & comme gens de différentes Nations; toujours des gens
mal affortis, qui fe fervent mutuelle-
ment de fpectacle.

Vous y verrez auffi une fubordina-
tion fotte & gênante, que l'orgueil
Cavalier, ou le maintien impofant des
uns, & la crainte de s'émanciper
dans les autres, y confervent entr'eux.

L'un interroge hardiment, l'autre
avec poids & gravité; l'autre attend
pour parler qu'on lui parle.

Ce-

Celui-ci decide, & ne ſçait ce qu'il dit; celui-là a raiſon, & n'oſe le dire: aucun d'entr'eux ne perd de vûë ce qu'il eſt, & y ajuſte ſes diſcours & ſa contenance : quelle miſere!

Oh! je vous aſſure qu'on étoit bien au-deſſus de cette puerilité-là chez Madame Dorſin, elle avoit le ſecret d'en guérir ceux qui la voyoient ſouvent.

Il n'étoit point queſtion de rangs ni d'états chez elle , perſonne ne s'y ſouvenoit du plus ou moins d'importance qu'il avoit ; c'étoit des hommes qui parloient à des hommes , entre qui ſeulement les meilleures raiſons l'emportoient ſur les plus foibles ; rien que cela.

Ou, ſi vous voulez que je vous diſe un grand mot, c'étoit comme des intelligences d'une égale dignité , ſi-non d'une force égale , qui avoient tout uniment commerce enſemble; des intelligences entre leſquelles il ne s'agiſſoit plus des titres que le hazard leur avoit donné ici bas, & qui ne croyoient pas que leurs fonctions fortuïtes duſſent plus humilier les unes qu'enorgueillir les autres. Voilà com-

me

me on l'entendoit chez Madame Dorfin, voilà ce qu'on devenoit avec elle,
par l'impreffion qu'on recevoit de cette façon de penfer raifonnable & philofophe que je vous ai dit qu'elle avoit,
& qui faifoit que tout le monde étoit
philofophe auffi.

Ce n'eft pas, d'un autre côté, que
pour entretenir la confideration qu'il
lui convenoit d'avoir, étant née ce
qu'elle étoit, elle ne fe conformât aux
préjugez vulgaires, & qu'elle ne fe
prêtât volontiers aux chofes que la
vanité des hommes eftime ; comme,
par exemple, d'avoir des liaifons d'a-
mitié avec des gens puiffans, qui ont
du Crédit ou des Dignitez, & qui
compofent ce qu'on appelle le grand
monde: ce font-là des attentions qu'il
ne feroit pas fage de negliger ; elles
contribuent à vous foutenir dans l'ima-
gination des hommes.

Et c'étoit dans ce fens là, que
Madame Dorfin les avoit. Les autres les ont par vanité, & elle ne les
avoit qu'à caufe de la vanité des autres.

Je vous ai dit que je ferois longue
fur fon compte; &, comme vous voyez, je vous tiens parole.

En-

Encore un petit Article, & je finis ;
car, je renonce à je ne fçai combien
de chofes que je voulois dire, & qui
tiendroient trop de place.

On peut ébaucher un Portrait en
peu de mots ; mais, le détailler exac-
tement, comme je vous avois promis
de le faire, c'eft un ouvrage fans
fin. Venons à l'Article qui fera le
dernier.

Madame Dorfin, à cet excellent
cœur que je lui ai donné, à cet efprit fi diftingué qu'elle avoit, joignoit
une ame forte, courageufe, & réfo-
luë ; de ces ames fupérieures à tout
évenement, dont la hauteur & la dignité ne plient fous aucun accident hu-
main ; qui retrouvent toutes leurs
reffources où les autres les perdent ;
qui peuvent être affligées, jamais
abattuës ni troublées ; qu'on admire
plus dans leurs afflictions, qu'on ne
fonge à les plaindre ; qui ont une
trifteffe froide & muette dans les plus
grands chagrins, une gayeté toujours
décente dans les plus grands fujets de
joye.

Je l'ai vûë quelquefois dans l'un &
dans l'autre de ces états, & je n'ai
jamais remarqué qu'ils priffent rien fur

 fa

sa préfence d'esprit, sur son attention pour les moindres choses, sur la douceur de ses manières, & sur la tranquillité de sa converfation avec ses amis ; elle étoit tout à vous, quoiqu'elle eût lieu d'être tout à elle ; & j'en étois quelquefois si surprise, que, malgré moi & ma tendreffe pour elle, je m'occupois plus à la confiderer, qu'à partager ce qui la touchoit en bien ou en mal.

Je l'ai vûë dans une longue maladie, où elle periffoit de langueur, où les remedes ne la foulageoient point, où souvent elle souffroit beaucoup. Sans son visage abattu, vous auriez ignoré ses souffrances ; elle vous disoit je souffre, si vous lui demandiez comment elle étoit ; elle vous parloit de vous, ou de vos affaires, ou suivoit paisiblement la converfation, si vous ne le lui demandiez point.

Je suis sûre que toutes les femmes sentoient ce que valoit Madame Dorfin ; mais, il n'y avoit que les femmes du plus grand mérite, qui, je pense, euffent la force de convenir de tout le sien, & pas une d'entr'elles qui n'eût été glorieuse de son estime.

El-

Elle étoit la meilleure de toutes les amies ; elle auroit eté la plus aimable de toutes les Maîtreffes.

N'eût-on vû Madame Dorfin qu'une ou deux fois, elle ne pouvoit pas être une fimple connoiffance pour perfonne ; & quiconque difoit, je la connois, difoit une chofe qu'il étoit bien aife qu'on fçût, & une chofe qui étoit remarquée par les autres.

Enfin, fes qualitez & fon caractère la rendoient fi confiderable & fi importante, qu'il y avoit de la diftinction à être de fes amis, de la vanité à la connoître, & du bon air à parler d'elle, équitablement ou non. C'étoit être d'un parti que de l'aimer, & de lui rendre juftice, & d'un autre parti que de la critiquer.

Ses Domeftiques l'adoroient ; ce qu'elle auroit perdu de fon bien, ils auroient cru le perdre autant qu'elle ; &, par la même méprife de leur attachement pour elle, ils s'imaginoient être riches de tout ce qui apartenoit à leur Maîtreffe, ils étoient fâchez de tout ce qui la fâchoit, réjoüis de tout ce qui la réjoüiffoit ; avoit-elle un procès, ils difoient nous plaidons ; achetoit-elle, nous achetons ; jugez de

tout ce que cela fuppofoit d'aimable
dans cette Maîtreffe , & de tout ce
qu'il falloit qu'elle fût pour enchanter,
pour apprivoifer jufques-là , comment
dirai-je , pour jetter dans de pareilles
illufions cette efpece de créature dont
les meilleures ont bien de la peine à
nous pardonner leur fervitude , nos
aifes , & nos défauts ; qui même en
nous fervant bien , ne nous aiment,
ni ne nous haïffent , & avec qui nous
pouvons tout au plus nous reconcilier
par nos bonnes façons. Madame
Dorfin étoit extrêmement généreufe ,
mais fes Domeftiques étoient fort
économes , & malgré qu'elle en eût,
l'un corrigeoit l'autre.

Ses amis.... Oh ! fes amis me per-
mettront de les laiffer-là : je ne finis
point ; qu'eft-ce que cela fignifie ? Allons, voilà qui eft fait.

Où en étions-nous de mon Hiftoire ? Encore chez Madame Dorfin, de
chez qui je vais fortir.

Je fupprime les careffes qu'elle me
fit , & tout ce que les Meffieurs avec
qui j'avois dîné dirent de galant &
d'avantageux pour moi.

Il vint quelqu'un. Madame de Miran faifit cet inftant pour fe retirer ;
nous

nous la fuivîmes, Valville & moi ; fon amie courut après nous pour m'embraffer , & nous voilà partis pour me reconduire à mon Couvent.

Dans tout ceci, je n'ai fait aucune mention de Valville : qu'eft-ce que j'en aurois dit ? Qu'il avoit à tout moment les yeux fur moi ? Que je levois quelquefois les miens fur lui, mais tout doucement, & comme à la dérobée ? Que lorfqu'on me parloit, je le voyois intrigué , & comme en peine de ce que j'allois répondre, & regardant enfuite les autres, pour voir s'ils étoient contens de ce que j'avois répondu, ce qui, à vous dire vrai, leur arrivoit affez fouvent ; je crois bien que c'étoit un peu par bonté ; mais il me femble, autant qu'il m'en fouvient, qu'il y entroit un peu de juftice; j'avoüe que je fus d'abord embarraffée , & mes premiers difcours s'en reffentirent ; mais cela n'alla pas fi mal après, & je me tirai paffablement d'affaire; même au fentiment de Madame de Miran, qui, tout en badinant, me dit dans le caroffe: Eh bien, petite fille, la compagnie que nous venons de quitter eft-elle de votre goût ? Vous êtes affez du fien, à ce qu'il m'a paru, & nous ferons quelque chofe de vous; oüida, dit Valville fur le même ton; il y a lieu d'efpérer que Mademoifelle Marianne ne déplaira pas dans la fuite.

Je me mis à rire. Hélas! répondis-je, je ne fçais ce qui en arrivera, mais il ne tiendra pas à moi que ma mere ne fe repente point de m'avoir pris pour fa fille; & ce fut en continuant ce badinage, que nous arrivâmes au Couvent.

Serons-nous long-tems fans la revoir, dit Valville à Madame de Miran, quand il me donna la main pour m'aider à defcendre de caroffe? Je penfe que non, repartit-elle; il y aura peut-être encore quelque dîné chez Madame Dorfin; comme on s'eft affez bien trouvé de nous, peut-être nous renvoyera-t-on chercher; point d'impatience, partez, conduifez Marianne.

Et là-deffus nous fonnâmes, on vint m'ouvrir, & Valville n'eut que le tems de foupirer de ce qu'il me quittoit. Vous allez vous renfermer, me dit-il, & dans un moment il n'y aura plus perfonne pour moi dans le monde; je vous dis ce que je fens. Eh!

Eh! qui eft-ce qui y fera pour moi,
repartis - je? Je n'y connois que vous,
& ma mere ; & je ne me foucie pas d'y
en connoître davantage.

Ce que je dis fans le regarder;
mais, il n'y perdoit rien; ce petit difcours valoit bien un regard Il m'en
parut pénétré, & pendant qu'on ou-
vroit la porte, il eut le fecret, je ne fçais
comment, d'approcher ma main de fa
bouche , fans que Madame de Miran,
qui l'attendoit dans fon caroffe , s'en
apperçût ; du moins crut-il qu'elle ne
le voyoit pas, à caufe qu'elle ne devoit pas le voir, & je raifonnai à peu-
près de même. Cependant je retirai
ma main , mais quand il ne fut plus
tems : on s'y prend toujours trop tard
en pareil cas.

Enfin , me voici entrée, moitié rê-
veufe, & moitié gaye. Il s'en alloit,
& moi je reftois ; & il me femble
que la condition de ceux qui reftent eft
toujours plus trifte que celle des perfonnes qui s'en vont. S'en aller, c'eft
un mouvement qui diffipe, & rien ne
diftrait les perfonnes qui demeurent;
c'eft elles que vous quittez, qui vous
voyent partir, & qui fe regardent
comme délaiffées , fur - tout dans un

Cou-

Couvent, qui eſt un lieu où tout ce qui ſe paſſe eſt ſi étranger à ce que vous avez dans le cœur, un lieu où l'amour eſt ſi dépaïſé, & dont la clô-ture qui vous enferme rend ces ſor-tes de ſéparations plus ſérieuſes, & plus ſenſibles qu'ailleurs.

D'un autre côté auſſi, j'avois de grandes raiſons de gayeté & de con-ſolation. Valville m'aimoit, il lui étoit permis de m'aimer, je ne riſquois rien en l'aimant, & nous étions deſtinez l'un à l'autre ; voilà d'agréables ſujets de penſées : &, de la manière dont Madame de Miran en agiſſoit, à tou-te la conduite qu'elle tenoit, il n'y avoit qu'à patienter & prendre cou-rage.

Au ſortir d'avec Valville, je mon-tai à ma chambre, où j'allois me des-habiller, & me remettre dans mon négligé, quand il fallut aller ſou-per.

Je me laiſſai donc comme j'étois, & me rendis au refectoire avec tous mes atours.

Entre les Penſionnaires, il y en avoit une à-peu-près de mon âge, & qui étoit aſſez jolie pour ſe croire belle, mais qui ſe la croyoit tant (je

dis

dis belle) qu'elle en étoit sotte : on
ne la sentoit occupée que de son visage, occupée avec réfléxion ; elle ne
songeoit qu'à lui ; elle ne pouvoit pas
s'y accoûtumer, & on eût dit quand
elle vous regardoit, que c'étoit pour
vous faire admirer ses grands yeux,
qu'elle rendoit fiers ou doux, suivant
qu'il lui prenoit fantaisie de vous en
imposer ou de vous plaire.

Mais, d'ordinaire, elle les adoucis-
soit rarement ; elle aimoit mieux qu'ils
fussent imposans que gracieux ou tendres ; à cause qu'elle étoit fille de qualité & glorieuse.

Vous vous souvenez du discours
que j'avois tenu à l'Abbesse, lorsque
je me présentai à elle devant Madame
de Miran ; je lui avois confié l'état de
ma fortune, & tous mes malheurs ;
& ma bienfaitrice, qui en fut si tou-
chée, avoit oublié de lui recomman-
der le secret en me mettant chez elle ;
on ne songe pas à tout.

J'y avois pourtant songé moi, dès
le soir même, deux heures après que
je fus dans la maison, & l'avois bien
humblement priée de ne point divulguer ce que je lui avois appris. Helas !
ma chere enfant, je n'ai garde, m'a-
voit-

voit - elle répondu. Jesus, mon Dieu !
Ne craignez rien : est-ce qu'on ne sçait
pas la consequence de ces choses-
là ?

Mais , soit qu'il fût déja trop tard ,
quand je l'en avertis , quoiqu'il n'y
eût que deux heures qu'elle fût in-
struite ; soit qu'en la conjurant de ne
rien dire , je lui eusse rendu mon secret plus pesant & plus difficile à garder , & que cela n'eût servi qu'à lui
faire venir la tentation de le dire ; à
neuf heures du matin le lendemain ,
j'étois comme on dit , la fable de
l'armée ; mon Histoire couroit tout le
Couvent ; je ne vis que des Religieu-
ses ou des Pensionnaires qui chucho-
toient aux oreilles les unes des autres
en me regardant , & qui ouvroient
sur moi les yeux du monde les plus in-
discrets , dès que je paroissois.

Je compris bien ce qui en étoit cause : mais , qu'y faire? Je baissois les
yeux, & passois mon chemin.

Il n'y en eut pas une au reste qui
ne me prévînt d'amitié, & qui ne me
fît des caresses ; je pense que d'abord
la curiosité de m'entendre parler les y
engagea; c'est une espece de spécta-
cle qu'une fille comme moi, qui arrive

dans

dans un Couvent. Eſt-elle grande.?
Eſt-elle petite? Comment marche-t-el-
le? Que dit-elle? Quel habit? Quelle
contenance a-t-elle? tout en eſt intéreſſant.

Et cela finit ordinairement par la
trouver encore plus aimable qu'elle ne
l'eſt, pourvû qu'elle le ſoit un peu,
ou plus déplaiſante, pour peu qu'elle
déplaiſe; c'eſt-là l'effet de ces ſortes
de mouvemens qui nous portent à voir
les perſonnes dont on nous conte des
choſes ſingulieres.

Et cet effet me fut avantageux, toutes ces filles m'aimerent, ſur-tout les
Religieuſes, qui ne me diſoient
rien de ce qu'elles ſçavoient de moi;
vraiment elles n'avoient garde, comme avoit dit notre Abbeſſe; mais, qui
dans les diſcours qu'elles me tenoient,
& tout en ſe recriant ſur mon air de
douceur & de modeſtie, ſur mon aimable petite perſonne, prenoient avec
moi des tons de lamentation ſi tou-
chans, que vous euſſiez dit qu'elles
pleuroient ſur moi, & le tout à propos de ce qu'elles ſçavoient, & de ce
que par diſcretion elles ne faiſoient pas
ſemblant de ſçavoir. Voyez que cela
étoit adroit : quand elles m'auroient

dit,

dit, Pauvre petite Orpheline, que vous êtes à plaindre d'être reduite à la charité des autres, elles ne se seroient pas expliquées plus clairement.

Venons à ce qui fait que je parle de ceci. C'est que cette jeune Pensionnaire, qui se croyoit si belle, & qui étoit si fiere, avoit été la seule qui m'eût dédaignée, & qui ne m'eût pas dit un mot ; à peine pouvoit-elle se résoudre à payer d'une imperceptible inclination de tête les reverences que je ne manquois jamais de lui faire lorsque je la rencontrois. On voyoit que cela lui coûtoit.

Un jour même qu'elle se promenoit dans le jardin avec quelques unes de nos compagnes, & que je vins à passer avec une Religieuse, elle laissa tomber négligemment un regard sur moi, & je l'entendis qui disoit, mais d'un ton de Princesse ; Oui, elle est assez gentille ; c'est donc une Dame qui a la charité de payer sa pension ; ne trouvez-vous pas qu'elle ressemble à Javote ? (c'étoit une fille qui la servoit, & qui en effet me ressembloit, mais fort en laid.)

Je remarquai qu'aucune de celles
qui

qui l'accompagnoient ne répondit; quant à moi, je rougis beaucoup , & les larmes m'en vinrent aux yeux : la Religieuse avec qui je me promenois, fille d'un très-bon esprit ; qui s'étoit prise d'inclination pour moi , & que j'aimois aussi, leva les épaules & se tut.

Mon Dieu , qu'il y a de cruelles gens dans le monde, ne pus-je m'empêcher de dire en soupirant ; car, aussi-bien, il auroit été inutile de me retenir , & de passer cela sous silence ; voilà qui étoit fini , on me connoissoit.

Consolez-vous, me dit la Religieuse en me prenant la main : vous avez des avantages, qui vous vengent bien de cette petite sotte-là, ma fille ; & vous pourriez être plus glorieuse qu'elle, si vous n'étiez pas plus raisonnable : n'enviez rien de ce qu'elle a de plus que vous; c'est à elle à être jalouse.

Vous avez bien de la bonté , ma Mere , lui répondis-je en la regardant avec reconnoissance. Hélas ! Vous parlez d'être raisonnable, & il me seroit bien aisé de ne pas rougir

de mes malheurs, si tout le monde
avoit autant de raison que vous.

Voilà donc ce que j'avois déja es-
suyé de cette superbe Pensionnaire,
qui ne pouvoit pas me pardonner d'ê-
tre peut-être aussi belle qu'elle. Quand
je dis peut-être, c'est pour parler
comme elle, à qui, toute vaine qu'elle étoit de sa beauté, il ne laissoit pas
que d'être difficile & hardi, je pense,
de décider qu'elle valoit mieux que
moi ; & c'étoit apparemment cette
difficulté-là, qui l'aigrissoit si fort, &
lui donnoit tant de rancune contre
l'Orpheline.

Quoi qu'il en soit, je me rendis donc
au Refectoire, parée comme vous
sçavez que je l'étois, & qui plus est,
bien aise de l'être, à cause de ma
jalouse, à qui par hazard, je m'avisai
de songer en chemin, & qui alloit,
à mon avis, passer un mauvais quart-
d'heure, & soutenir une comparai-
son fâcheuse de ma figure à la sienne.
Ni elle, ni personne de la Maison,
ne m'avoit encore vûë dans tous mes
ajustemens, & il est vrai que j'étois
brillante.

J'arrive : je vous ai dit que je n'é-
tois

tois pas haïe; mes façons douces &
avenantes m'avoient attiré la bien-
veillance de tout le monde, & fai-
foient qu'on aimoit à me loüer, & à
me rendre juftice ; de forte qu'à mon
apparition tous les yeux fe fixerent fur
moi , & on fe fit l'une à l'autre de
ces petits fignes de tête qui marquent
une agréable furprife , & qui font l'é-
loge de ce qu'on voit ; en un mot,
je caufai un moment de diftraction,
dont je devois être très-flattée ; &,
de tems en tems , on regardoit ma
rivale , pour examiner la mine qu'elle
faifoit, comme fi on avoit voulu voir
fi elle ne fe tenoit pas pour battuë;
car, on fçavoit fa jaloufie.

Quant à elle , auffi-tôt qu'elle m'eût
vûë , j'obfervai qu'elle baiffa les yeux
en fouriant, de l'air dont on fourit
quand quelque chofe paroît ridicule:
c'étoit apparemment tout ce qu'elle
imagina de mieux pour fe défendre;
& vous allez voir fur quoi elle fondoit
cet air railleur qu'elle jugea à propos
de prendre.

Le foupé finit , & nous paffames
toutes enfemble dans le jardin; quelques Religieufes nous y fuivirent; en-

          tr'autres

tr'autres celle dont je vous ai déja parlé, & qui étoit mon amie.

Dès que nous y fûmes, mes Compagnes m'entourerent ; l'une me demandoit, où avez-vous donc été, on
ne vous a pas vûë d'aujourd'hui ; l'autre regardoit ma robbe , en manioit
l'étoffe, difoit, voilà de beau linge ,
& tout cela vous fied à merveille.
Ah ! que vous êtes bien coeffée, & mille autres bagatelles de cette efpece,
dignes de l'entretien de jeunes filles
qui voyent de la parure.

Mon amie la Religieufe vint s'en
mêler à fa manière ; & , s'addreffant
malicieufement fans doute à celle qui
me dédaignoit tant , & qui s'avançoit
avec elle ; n'eft-il pas vrai , Mademoifelle , que ce feroit-là une belle
victime à offrir au Seigneur , lui dit-
elle. Ah ! mon Dieu, le beau facri-
fice que ce feroit, fi Mademoifelle re-
nonçoit au monde, & fe faifoit Religieufe ! (& vous comprenez bien,
que c'étoit de moi dont elle parloit.)

Eh ! mais, ma Mere, je crois pour
moi que c'eft fon deffein, & elle feroit
fort bien, repartit l'autre ; ce feroit du
moins

moins le parti le plus sûr. Et puis m'apoſtrophant : vous avez-là une belle robbe, Marianne, & tout y répond : cela eſt cher au moins ; & il faut que la Dame qui a ſoin de vous ſoit très-généreuſe ; quel âge a-t-elle ? Eſt-elle vieille ? Songe-t-elle à vous aſſurer de quoi vivre ? Elle ne ſera pas éternelle ; & il ſeroit fâcheux qu'elle ne vous mît pas en état d'être toujours auſſi proprement miſe ; on s'y accoûtume, & c'eſt-ce que je vous conſeille de lui dire.

Le ſilence qui ſe fit à ce diſcours, & qui vint en partie de l'étonnement où il jetta toutes les filles, me déconcerta ; je reſtai muette & confuſe, en voyant la confuſion des autres, & ne pûs m'empêcher de pleurer avant que de répondre.

Pendant que je me taiſois, Qu'eſt-ce que c'eſt que ce raiſonnement-là, Mademoiſelle ? Eh ! de quoi vous mêlez-vous ? Repartit pour moi cette Religieuſe qui m'aimoit. Sçavez-vous bien que votre mauvaiſe humeur n'humilie que vous ici, & qu'on n'ignore pas le motif d'un mouvement ſi hautain : c'eſt votre défaut, que cette hauteur. Madame votre Mere

nous

nous en avertit quand elle vous mit
ici, & nous pria de tâcher de vous
en corriger : j'y fais ce que je puis,
profitez de la leçon que je vous donne; & en parlant à Mademoiselle, ne
dites plus Marianne, comme vous venez de le dire, puisqu'elle vous appelle toujours Mademoiselle, & qu'il
n'y a que vous de toutes vos Compagnes qui preniez la liberté de l'appeller autrement : vous n'avez pas
droit de vous dispenser des devoirs
d'honnêteté & de politesse qui doivent s'observer entre vous. Et vous,
Mademoiselle, qu'est-ce qui vous afflige, & pourquoi pleurez-vous ?
(ceci me regardoit) y a-t-il rien de
honteux dans les malheurs qui vous
sont arrivez, & qui font que vos
parens vous ont perduë ? Il faudroit
être un bien mauvais esprit, pour abu-
ser de cela contre vous, sur-tout avec
une fille aussi bien née que vous l'ê-
tes, & qui ne peut assurément venir
que de très-bon lieu. Si on juge de
la condition des gens par l'opinion que
leurs façons nous en donnent, telle
ici qui se croit plus que vous, ne ris-
que rien à vous regarder comme son
égale en naissance, & seroit trop
heu-

heureuſe d'être votre égale en bon ca-
raЄtère.

Non, ma Mere, répondis-je d'un
air doux, mais contriſté; je n'ai rien,
Dieu m'a tout ôté, & je dois croire
que je ſuis au-deſſous de tout le monde; mais, j'aime encore mieux être
comme je ſuis, que d'avoir tout ce
que Mademoiſelle a de plus que moi,
& d'être capable d'inſulter les perſonnes affligées. Ce diſcours, & mes
larmes qui s'y mêloient, émûrent le
cœur de mes Compagnes, & les mi-
rent de mon parti.

Eh! qui eſt-ce qui ſonge à l'inſulter? s'écria ma jalouſe, en rougiſſant
de honte & de dépit. Quel mal lui
fait-on, je vous |prie, de lui dire
qu'elle prenne garde à ce qu'elle de-
viendra? Il faut donc bien des pré-
cautions avec cette petite fille-là!

On ne lui répondit rien; ma Religieuſe lui avoit déja tourné le dos, &
m'emmenoit d'un autre côté avec la
plus grande partie des autres Penſionnaires qui nous ſuivirent; il n'en reſta
qu'une ou deux avec mon ennemie,
encore l'une étoit-elle ſa parente, &
l'autre ſon amie.

Cette petite Avanture, que j'ai

C 4

cru

cru affez inftructive, pour les jeunes perfonnes à qui vous pourriez donner ceci à lire , fit que je redoublai de politeffe & de modeftie avec mes Compagnes ; ce qui fit qu'à leur tour elles redoublerent d'amitié pour moi. Reprenons à préfent le cours de mon Hiftoire.

Je vous ai promis celle d'une Religieufe , mais ce n'eft pas encore ici fa place, & ce que je vais raconter l'amenera. Cette Religieufe, vous la devinez fans doute ; vous venez de la voir venger mon injure; &, à la manière dont elle a parlé, vous avez dû fentir qu'elle n'avoit rien des petiteffes ordinaires aux efprits de Couvent. Vous fçaurez bien-tôt qui elle étoit. Continuons.

Madame de Miran vint me revoir deux jours après notre diné chez Madame Dorfin ; &, quelques jours enfuite, je reçus d'elle, à neuf heures du matin, un fecond billet, qui m'avertiffoit de me tenir prête à une heure après midi , pour aller avec elle chez Madame Dorfin , avec un nouvel ordre de me parer, qui fut fuivi d'une parfaite obéïffance.

Elle arriva donc : il y avoit huit
jours

jours que je n'avois vû Valville, &
j'avoüe que le tems m'avoit duré;
j'efpérois le trouver à la porte du
Couvent comme la première fois ; je
m'y attendois, je n'en doutois pas, &
je penfois mal.

Madame de Miran avoit prudem-
ment jugé à propos de ne le pas amener avec elle , & je ne fus reçûë que
par un Laquais , qui me conduifit à
fon caroffe. J'en fus interdite , ma
gayeté me quitta tout d'un coup; je
pris pourtant fur moi , & je m'avan-
çai avec un découragement intérieur,
que je voulois cacher à Madame de
Miran ; mais, il auroit fallu n'avoir
point de vifage; le mien me trahiffoit,
on y lifoit mon trouble, & malgré
que j'en euffe , je m'approchai d'elle
avec un air de trifteffe & d'inquiétude dont je la vis fourire dès qu'elle
me vit. Ce fourire me remit un peu
le cœur , il me parut un bon figne ;
montez, ma fille, me dit-elle ; je me
plaçai, & puis nous partimes.

Il manque quelqu'un ici, n'eft-il pas
vrai? ajoûta-t-elle toujours en fouriant. Eh! qui donc, ma Mere, repris-je, comme fi je n'avois pas été

au

au fait ? Eh! qui , ma fille, s'écria-t-elle , tu le fçais encore mieux que moi, qui fuis la Mere. Ah! c'eft Monfieur de Valville , répondis-je. Eh! mais je m'imagine que nous le retrouverons chez Madame Dorfin.

Point du tout , me dit - elle ; c'eft encore mieux que cela ; il nous attend chez un de fes amis chez qui nous devons le prendre en paffant, & c'eft moi qui n'ai pas voulu l'amener ici. Vous allez le voir tout à l'heure.

En effet, nous arrêtames à quelques pas de-là ; un Laquais que j'avois apperçu de loin à la porte d'une maifon , difparut fur le champ , & courut fans doute avertir fon Maître, qui lui avoit apparemment ordonné de fe tenir-là, & qui étoit déja defcendu quand nous arrivâmes. Que l'inftant où l'on revoit ce qu'on aime fait de plaifir après quelqu'abfence. Ah! l'agréable objet à retrouver.

Je compris à merveille, en le voyant à la porte de cette maifon , qu'il falloit qu'il eût pris des mefures pour me revoir une ou deux minutes plutôt; & de quel prix n'eft pas une minute au compte de l'amour, & quel gré mon

cœur

cœur ne fçut-il pas au fien d'avoir avancé notre joye de cette minute de plus ?

Quoi, mon Fils, vous êtes déja-là, lui dit Madame de Miran ; voilà ce qui s'appelle mettre les momens à profit ; & voilà ce qui s'appelle une Mere, qui à force de bon cœur dévine les cœurs tendres, lui répondit-il du même ton : taifez-vous, lui dit-elle, fupprimez ce langage-là, il n'eft pas féant que je l'écoute ; que vos tendreffes attendent, s'il vous plaît, que je n'y fois plus : tu baiffes les yeux, toi, ajoûta-t-elle en s'addreffant à moi ; mais, je t'en veux auffi ; je t'ai vû tantôt pâlir de ce qu'il n'étoit pas avec moi : ce n'étoit pas affez de votre mere, Mademoifelle.

Ah ! ma Mere, ne la querellez point, lui répondit Valville, en me lançant un regard enflammé de tendreffe : feroit-il beau qu'elle ne s'apperçût pas de l'abfence d'un homme à qui fa Mere la deftine ? Si vous tourniez la téte, j'aurois grande envie de lui baifer la main, pour la remercier ; & il me la prenoit en tenant ce difcours ; mais, je la retirai bien vîte ; je lui donnai même un petit coup fur la fienne, &

me

me jettai tout de fuite fur celle de Madame de Miran, que je baifai de tout mon cœur, & pénétrée des mouvemens les plus doux qu'on puiffe fentir.

Elle, de fon côté, me ferra la mienne. Ah! la bonne petite Hypocrite, me dit-elle: vous abufez tous deux du refpect que vous me devez; allons, paix; parlons d'autre chofe. Avezvous paffé chez mon Frere, mon Fils; comment le porte-t-il ce matin? Un peu mieux; mais, toujoûrs affoupi comme hier, répondit Valville: cet affoupiffement m'inquiete, dit Madame de Miran; nous ne ferons pas aujourd'hui fi long-tems chez Madame Dorfin que l'autre jour, je veux voir mon Frere de bonne heure.

Et nous en étions-là, quand le Cocher arrêta chez cette Dame. Il y avoit bonne compagnie; j'y trouvai les mèmes perfonnes que j'y avois déja vûës, avec deux autres, qui ne me parurent point de trop pour moi, & qui, à la façon obligeante, & pourtant curieufe, dont elles me regarderent, s'attendoient à me voir, ce me femble: il falloit qu'on fe fût entretenu

de

de moi , & à mon avantage ; ce font de ces chofes qui fe fentent.

Nous dinâmes , on me fit parler plus que je n'avois fait au premier dî-né. Madame Dorfin, fuivant fa coû-tume, m'accabla de careffes. Difpen-fez-moi du détail de ce qu'on y dit ; avançons.

Il n'y avoit qu'une heure que nous étions fortis de table, quand on vint dire à Madame de Miran, qu'un do-meftique de chez elle demandoit à lui parler.

Et c'étoit pour lui dire que Mon-fieur de Climal étoit en danger, qu'on tâchoit de le faire révenir d'une apo-plexie, où il étoit tombé depuis deux heures.

Elle rentra où nous étions toute ef-frayée, & la larme à l'œil, nous apprit cette nouvelle , prit congé de la compagnie, me laiffa à mon Couvent, & courut chez le malade avec Val-ville, qui me parut touché de l'état de fon oncle, & touché auffi, je pen-fe, du contre-tems qui nous arrachoit fi brufquement au plaifir d'être en-femble. J'en fus encore moins con-tente que lui ; je voulus bien qu'il s'en apperçût dans mes regards , & j'allai
trif-

triftement me renfermer dans ma chambre , où il me vint des motifs de réflexion qui me chagrinerent.

Si Monfieur de Climal meurt à préfent, difois-je, Valville, qui en hérite, & qui eft déja très-riche, va le devenir encore davantage.　Eh ! que fçais-je , fi cette augmentation de richeffes ne me nuira pas ? Sera-t-il poffible qu'un héritier fi confiderable m'époufe ? Madame de Miran elle-méme ne fe dédira-t-elle pas de cette bonté incroyable qu'elle a aujourd'hui de confentir à notre Amour ? M'abandonnera-t-elle un fils qui pourra faire les plus grandes alliances, à qui on va les propofer, & qu'elles tenteront peut-être ? Il y avoit effectivement lieu d'être allarmée.

Au moment où je raifonnois ainfi, Valville avoit beaucoup de tendreffe pour moi , j'en étois fûre ; & tant qu'il ne s'agiffoit que d'époufer quelqu'une de fes égales, il m'aimoit affez pour-être infenfible à l'avantage qu'il auroit pû y trouver.　Mais , le feroit-il à l'ambition de s'allier à une famille encore au-deffus de la fienne, & plus puiffante ? Refifteroit-il à l'a-

pas

pas des honneurs & des emplois qu'elle pourroit lui procurer? Auroit-il de l'amour jusques-là? Il y a des dégrez de générosité supérieurs à des ames très-généreuses. Les cœurs capables de soutenir toutes sortes d'épreuves en pareil cas, sont si rares; les cœurs qui ne se rendent qu'aux plus fortes le sont même aussi.

Je n'avois pourtant rien à craindre de ce côté-là; ce n'est pas l'ambition qui me nuira dans le cœur de Valville. Quoi qu'il en soit, je fus inquiete, & je ne dormis gueres.

Je venois de me lever le lendemain, quand je vis entrer une Religieuse dans ma chambre, qui me dit de la part de l'Abbesse, de m'habiller le plus vîte que je pourrois, & cela en consequence d'un billet que lui avoit écrit Madame de Miran, où elle la prioit de me faire partir au plutôt. Il y a même, ajouta cette Religieuse, un carosse qui vous attend dans la cour.

Autre sujet d'inquiétude pour moi; le cœur me battit; m'envoyer chercher si matin, me dis-je; Eh! mon Dieu, qu'est-il donc arrivé? Qu'est-ce que cela m'annonce? Je n'ai pour toute ressource ici que la protection

de

de Madame de Miran (car je n'oſois
plus en ce moment dire ma Mere;)
veut-on me l'ôter ? Eſt-ce que je vais
la perdre ? On n'eſt ſûre de rien dans
l'état où j'étois. Ma condition pré-
ſente ne tenoit à rien ; perſonne n'é-
toit obligé de m'y ſoutenir ; je ne la
devois qu'à un bon cœur, qui pouvoit
tout d'un coup me retirer ſes bien-
faits, & m'abandonner ſans que j'euſſe
à me plaindre ; & ce bon cœur, il ne
falloit qu'un mauvais rapport, qu'une
impoſture, pour le dégoûter de moi ;
& tout cela me rouloit dans la téte en
m'habillant. Les malheureux ont toujours ſi mauvaiſe opinion de leur ſort ;
ils ſe fient ſi peu au bonheur qui leur
arrive.

Enfin, me voilà prête ; je ſortis
dans un ajuſtement fort négligé, &
j'allai monter en caroſſe. Je penſois
en chemin qu'on me menoit chez Madame de Miran : point du tout ; ce
fut chez Monſieur de Climal qu'on ar-
reta. Je reconnus la maiſon ; vous ſçavez qu'il n'y avoit pas ſi long-tems que
j'y avois été.

Jugez quelle fut ma ſurpriſe. Oh !
ce fut pour le coup que je me crus
perduë. Allons, c'en eſt fait, me
dis-

dis-je, je vois bien de quoi il s'agit; c'est ce miserable faux dévot, qui est réchapé, & qui se venge; je m'attens à mille calomnies, qu'il aura inventé contre moi; il aura tout tourné à sa fantaisie; il passe pour un homme de bien; & j'aurai beau faire, Madame de Miran croira toutes les faussetez qu'il aura dites. Ah! mon Dieu, le méchant homme!

Et, en effet, n'y avoit-il pas quelque apparence à ce que j'appréhendois? Les menaces qu'il m'avoit faites, en me quittant chez Madame Dutour; cette scene qui s'étoit passée entre lui & moi chez ce Religieux à qui j'avois été me plaindre, & devant qui je l'avois reduit, pour se défendre, à tout ce que l'hypocrisie a de plus scelerat & de plus intrépide; cette rencontre que j'avois fait de lui à mon Couvent; les signes d'amitié dont m'y avoit honoré Madame de Miran, qu'il m'avoit vû saluer de loin; la crainte que je ne révelasse, ou que je n'eusse déja révelé, son indignité à cette Dame, qu'il voyoit que je connoissois: tout cela joint au voyage qu'on me faisoit faire chez lui, sans qu'on m'en eût avertie, ne sembloit-il pas m'annon-

cer quelque chofe de finiftre? Qui eft-
ce qui n'auroit pas cru que j'allois ef-
fuyer quelque nouvelle iniquité de fa
part?

Vous verrez peut-être, que, felon
lui, ce fera moi qui aurai voulu le
tenter pour l'engager à me faire du
bien, me difois-je; mais ce n'eft pas-
là ce qu'il a dit au Pere Vincent: il
m'a feulement accufée d'avoir cru que
c'étoit lui-même qui m'aimoit; & ce
bon Religieux, devant qui nous nous
fommes trouvez tous deux, ne refu-
fera pas fon témoignage à une pauvre
fille à qui on veut faire un fi grand
tort. Voilà comme je raifonnois en
me voyant dans la cour de Monfieur
de Climal, de forte que je fortis de
caroffe avec un tremblement digne
de l'effroyable fcene à laquelle je me
préparois.

Il y avoit deux efcaliers, & je dis
à un Laquais, où eft-ce? Par-là, Mademoifelle, me dit-il: c'étoit l'efcalier
à droite qu'il me montroit, & dont
Valville en cet inftant même defcen-
doit avec précipitation.

Etonnée de le voir-là, je m'arrêtai,
fans trop fçavoir ce que je faifois,
& me mis à examiner quelle mine il
avoit,

avoit, & de quel air il me regarde-
roit.

Je le trouvai trifte, mais d'une trifteffe, qui, ce me femble, ne ligni-
fioit rien contre moi; auffi m'aborda-
t-il d'un air fort tendre.

Venez, Mademoifelle, me dit-il en
me donnant la main; il n'y a point
de tems à perdre, mon oncle fe meurt,
& il vous attend.

Moi! Monfieur, repris-je, en ref-
pirant plus à l'aife, (car fa façon de
me parler me raffuroit;) & puis, cet
oncle mourant ne me paroiffoit plus fi
dangereux; un homme qui fe meurt,
voudroit-il finir fa vie par un crime?
Cela n'eft pas vraifemblable.

Moi! Monfieur, m'écriai-je donc,
& d'où vient m'attend-il? Que peut-il
me vouloir? Nous n'en fçavons rien,
me répondit-il; mais, ce matin, il a
demandé à ma Mere, fi elle connoiffoit
particulierement la jeune perfonne
qu'elle avoit faluée au Couvent ces
jours paffez: ma Mere lui a dit qu'oui,
lui a même appris en peu de mots de
quelle façon vous vous étiez connuës
à ce Couvent, & ne lui a point ca-
ché que c'étoit elle qui vous y avoit

mife. Là-deffus , vous pouvez donc
la faire venir , a-t-il répondu , & je
vous prie de l'envoyer chercher ; il
faut que je la voye, j'ai quelque chofe à lui dire avant que je meure ; &
ma Mere auffi-tôt a écrit à votre Ab-
beffe de vous permettre de fortir ; voilà tout ce que nous pouvons vous en
dire.

Helas ! lui répondis-je , cette envie qu'il a de me voir , m'a d'abord
fait peur ; je me fuis figurée, en par-
tant, qu'il y avoit quelque mauvaife
volonté de fa part : vous vous êtes
trompé, reprit-il ; du moins paroît-il
dans des difpofitions bien éloignées
de cela : & nous montions l'efcalier
pendant ce court entretien. C'eft ma
Mere, ajoûta-t-il, qui a voulu que
je vous prévinffe fur-tout ceci, avant
que vous viffiez Monfieur de Climal.

A ces mots , nous arrivâmes à la
porte de fa chambre : je vous ai dit
que j'étois un peu raffurée ; mais, la
vûë de cette chambre où j'allois entrer
ne laiffa pas que de me remuer inté-
rieurement.

C'étoit en effet une étrange vifite
que

que je rendois; il y avoit mille peti-
tes raisons de sentiment qui m'en fai-
soient une corvée.

Il me repugnoit de paroître aux
yeux d'un homme, qui, à mon gré,
ne pourroit gueres s'empécher d'etre
humilié en me voyant. Je pensois aussi,
que j'étois jeune, & que je me por-
tois bien, & que lui il étoit vieux &
mourant.

Quand je dis vieux, je sçais bien
que ce n'étoit pas une chose nouvelle,
mais c'est qu'à l'âge où il étoit, un
homme, qui se meurt à cent ans; &
cet homme de cent ans m'avoit parlé
d'amour, m'avoit voulu persuader qu'il
n'étoit vieux que par rapport à moi, qui
étois trop jeune; & dans l'érat hi-
deux & décrepit où il étoit, j'avois
de la peine à l'aller faire ressouvenir
de tout cela : est-ce-là tout? Non; j'a-
vois été vertueuse avec lui, il n'avoit
été qu'un lâche avec moi; voyez
combien de sortes d'avantages j'avois
sur lui; voilà à quoi je songeois con-
fusément, de façon que j'étois moi-
même honteuse de l'affront que mon
âge, mon innocence, & ma santé,
feroient à ce vieux pécheur confondu
& agonisant. Je me trouvois trop

ven-

vengée, & j'en rougiſſois d'avance.

Ce ne fut pas lui, que j'apperçus d'abord; ce fut le Pere Saint-Vincent, qui étoit au chevet de ſon lit, & au-deſſus duquel étoit aſſiſe Madame de Miran, qui me tournoit le dos.

A cet aſpect, ſur-tout à celui du Pere Saint-Vincent, que je ſurpris bien autant qu'il me ſurprit, je n'oſai plus me croire à l'abri de rien, & me voilà retombée dans mes inquiétudes; car, enfin, l'autre avoit beau être mourant, que faiſoit-là ce bon Religieux, pourquoi falloit-il qu'il s'y trouvât avec moi.

Et à propos de ce Religieux, de qui, par parenthèſe, je ne vous ai rien dit, depuis que je l'ai quitté à ſon Couvent, qui, comme vous ſçavez, m'avoit promis de chercher à me placer, & de venir le lendemain matin chez Madame Dutour m'informer de ce qu'il auroit pû faire; vous remarquerez, que je lui avois écrit deux ou trois jours après que j'eus rencontré Madame de Miran; que je l'avois inſtruit de mon Avanture, & de l'endroit où j'étois; & que je
l'avois

J'avois prié d'avoir la bonté de m'y venir voir ; à quoi il avoit répondu, qu'il y passeroit incessamment.

J'étois donc , vous dis - je , fort étourdie de le trouver-là , & je n'augurois rien de bon des motifs qu'on avoit eu de l'y appeller.

Lui, de son côté, à qui je n'avois point appris dans ma Lettre le nom de ma Bienfaitrice , & à qui Monsieur de Climal n'avoit encore rien dit de son projet, ne sçavoit que penser de me voir au milieu de cette Famille, amenée par Valville , qu'il vit venir avec moi, mais qui n'avança pas, & qui se tint éloigné , comme si , par égard pour son oncle, il avoit voulu lui cacher que nous étions entrez en-semble.

Au bruit que nous fîmes en entrant, qui est - ce que j'entens? demanda le malade. C'est la jeune personne que vous avez envie de voir , mon Fre-re , lui dit Madame de Miran: appro-chez, Marianne, ajoûta-t-elle tout de suite.

A ce discours , tout le corps me frémit, j'approchai pourtant les yeux baissez : je n'osois les lever sur ce mou-rant, je n'aurois sçû, ce me semble, comment m'y prendre pour le regarder, & je reculois d'en venirlà.

Ah! Mademoifelle, c'eft donc vous? me dit-il d'une voix foible & embaraffée; je vous fuis obligé d'être venuë: affeyez-vous, je vous prie; je m'affis donc, & me tus : toûjours les yeux baiffez, je ne voyois encore que fon lit; mais, un moment après, j'effayai de regarder plus haut, & puis encore un peu plus haut, & de dégrez en dégrez, je parvins enfin jufqu'à lui voir la moitié du vifage que je regardai vîte tout entier ; mais, ce ne fut qu'un inftant ; j'avois peur que le malade ne me furprît en l'examinant, & n'en fût trop mortifié ; ce qui eft de fûr, c'eft que je ne vis point de malice dans ce vifage-là contre moi.

Où eft mon neveu, dit encore Monfieur de Climal ; me voici, mon oncle, répondit Valville, qui fe montra alors modeftement: refte ici, lui dit-il ; & vous, mon Pere, ajouta-t-il, en s'addreffant au Religieux, ayez auffi la bonté de demeurer ; le tout fans parler de Madame de Miran, qui remarqua cette exception qu'il faifoit
d'elle,

d'elle, & qui lui dit, mon frere, je vais donner quelques ordres, & paſſer pour un inſtant dans une autre chambre.

Comme vous voudrez, ma ſœur, répondit-il; elle ſortit donc; & cette retraite, que Monſieur de Climal me parut ſouhaiter lui-même, acheva de me prouver, que je n'avois rien à craindre de fâcheux: s'il avoit voulu me faire du mal, il auroit retenu ma bienfaitrice, la ſcene n'auroit pû ſe paſſer ſans elle; auſſi ne me reſta-t-il plus qu'une extrême curioſité de ſçavoir à quoi cette cérémonie aboutiroit. Il ſe fit un moment de ſilence après que Madame de Miran fût ſortie; nous entendîmes ſoupirer Monſieur de Climal.

Je vous ai fait prier, dit-il, en ſe retournant un peu de notre côté, de venir ici ce matin, mon Pere, & je ne vous ai point encore inſtruit des raiſons que j'ai pour vous y appeller: j'ai voulu auſſi que mon neveu fût préſent; il le falloit, à cauſe de Mademoiſelle, que ceci regarde.

Il reprit haleine en cet endroit: je rougis, les mains me tremble-

rent;

ʀent ; & voici comment il conti-
nua.

C'eſt vous, mon Pere , qui me l'a-
vez amenée , dit - il , en parlant de
moi : elle étoit dans une ſituation qui
l'expoſoit beaucoup ; vous vintes lui
chercher du ſecours chez moi, vous
me choiſites pour lui en donner ; vous
me croyiez un homme de bien , &
vous vous trompiez , mon Pere, je
n'étois pas digne de votre confiance.

Et comme alors le Religieux parut
vouloir l'arrêter par un geſte qu'il
fit.

Ah ! mon Pere, lui dit il, au nom
de Dieu, dont je tâche de fléchir la
juſtice, ne vous oppoſez point à celle
que je veux me rendre ; vous ſçavez
l'eſtime, & peut-être la vénération,
dont vous m'avez honoré de ſi bonne
foi ; vous ſçavez la réputation où je ſuis
dans le public ; on m'y reſpecte comme un homme plein de vertu & de
pieté ; j'y ai joüi des recompenſes de
la vertu, & je ne les méritois pas,
c'eſt un vol que j'ai fait. Souffrez
donc que je l'expie, s'il eſt poſſible,
par l'aveu des fourberies qui vous

ont

ont jetté dans l'erreur, vous & tout le monde, & que je vous apprenne au contraire tout le mépris que je méritois, & toute l'horreur qu'on auroit eu pour moi, si on avoit connu le fond de mon abominable conscience.

Ah! mon Dieu, soyez béni, Sauveur de nos Ames ! s'écria alors le Pere Saint-Vincent.

Oui, mon Pere, reprit Monsieur de Climal, en nous regardant avec des yeux baignez de larmes, & d'un ton auquel on ne pouvoit pas resister; voilà quel étoit l'homme à qui vous êtes venu confier Mademoiselle; vous ne vous addressiez qu'à un miserable: & toutes les bonnes actions que vous m'avez vû faire; (je ne sçaurois trop le répeter) font autant de crimes dont je suis coupable devant Dieu, autant d'impostures qui m'ont mis en état de faire le mal, & pour lesquelles je voudrois être exposé à tous les opprobres, à toutes les ignominies, qu'un homme peut souffrir sur la terre; encore n'égaleroient-elles pas les horreurs de ma vie.

Ah ! Monsieur, en voilà assez, dit ici le Pere Saint-Vincent ; en voilà assez.

aſſez. Allons. Il n'y a plus qu'à loüer Dieu des ſentimens qu'il vous donne. Que d'obligations vous lui avez! De quelles faveurs ne vous comble-t-il pas! Oh! bonté de mon Dieu, bonté incomprehenſible, nous vous adorons; voici les merveilles de la Grace; je ſuis pénetré de ce que je viens d'entendre, pénetré juſqu'au fond du cœur. Oui, Monſieur, vous avez raiſon, vous êtes bien coupable; vous renoncez à notre eſtime, à la bonne opinion qu'on a de vous dans le monde; vous voudriez mourir mépriſé, & vous vous écriez, je ſuis mépriſable! Eh bien, encore une fois, Dieu ſoit loüé ! Je ne puis rien ajoûter à ce que vous dites : nous ne ſommes point dans le Tribunal de la pénitence, & je ne ſuis ici qu'un Pécheur comme vous. Mais, voilà qui eſt bien : ſoyez en repos; nous ſentons tout votre néant, auſſi-bien que le nôtre : oui, Monſieur, ce n'eſt plus vous en effet, que nous eſtimons ; ce n'eſt plus cet homme de péché & de miſere; c'eſt l'homme que Dieu a regardé, dont il a eu pitié, & ſur qui nous voyons qu'il répand la plénitude de ſes miſericordes. Puiſſions-nous, ô

mon

mon Sauveur, nous qui fommes les témoins des prodiges que votre Grace opere en lui : puiffions - nous finir dans de pareilles difpofitions ! Helas ! qui de nous n'a pas de quoi fe confondre & s'anéantir devant la Juftice Divine ? Chacun de nous n'a-t-il pas fes offenfes, qui, pour être différentes, n'en font peut-être pas moins grandes ? Ne parlons plus des vôtres : en voilà affez, Monfieur, en voilà affez ; puifque vous les pleurez, Dieu vous aime, & ne vous a pas abandonné : vous tenez de lui ce courage avec lequel vous nous les avoüez ; cette effufion de cœur eft un gage de fa bonté pour vous ; vous lui devez, non feulement la patience avec laquelle il vous a fouffert, mais encore cette douleur & ces larmes qui vous reconcilient avec lui, & qui font un fpectacle dont les Anges mémes fe réjouïffent. Gémiffez donc, Monfieur, gémiffez ; mais en lui difant, O mon Dieu, vous ne rejetterez point un cœur contrit & humilié : pleurez, mais avec confiance, avec la confolation d'efpérer que vos pleurs le fléchiront, puifqu'ils font un don de fa mifericorde.

Et

Et ce bon Religieux en verſoit lui-même, en tenant ce diſcours; & nous pleurions auſſi, Valville & moi.

Je n'ai pas encore tout dit, mon Pere, reprit alors Monſieur de Climal. Non, Monſieur, non, je vous prie, répondit le Religieux, il n'eſt pas néceſſaire d'aller plus loin, contentez-vous de ce que vous avez dit: le reſte ſeroit ſuperflu, & ne ſerviroit peut-être qu'à vous ſatisfaire; il eſt quelquefois doux & conſolant de s'abandonner au mouvement où vous êtes. Eh bien, Monſieur, privez vous de cette douceur & de cette conſolation; mortifiez l'envie que vous avez de nous en avoüer davantage. Dieu vous tiendra compte, & de ce que vous avez dit, & de ce que vous vous ſerez abſtenu de dire.

Ah! mon Pere, s'écria le malade, ne m'arrêtez point; ce ſeroit me ſoulager que de me taire; je ſuis bien éloigné d'éprouver la douceur dont vous parlez. Dieu ne me fait pas une ſi grande grace, à moi qui n'en mérite aucune; c'eſt bien aſſez, qu'il me donne la force de reſiſter à la confuſion dont je me ſens couvert, & qui
m'ar-

m'arrêteroit à tout moment, s'il ne me foutenoit pas ; oui, mon Pere, cet aveu de mes indignitez m'accable ; je fouffre à chaque mot que je vous dis, je fouffre, & j'en remercie mon Dieu, qui par-là me laiffe en état de lui facrifier mon miferable orgueil. Permettez donc que je profite d'une honte qui me punit ; je voudrois pouvoir l'augmenter, pour proportionner, s'il étoit poffible, mes humiliations à la fauffeté des vertus qu'on a honorées en moi. Je voudrois avoir toute la terre pour témoin de l'affront que je me fais ; je fuis même fâché d'avoir été obligé de renvoyer Madame de Miran ; j'aurois pû du moins rougir encore aux yeux d'une fœur, qui n'eft peut-être pas défabufée ; mais, il a fallu l'écarter : je la connois ; elle m'auroit interrompu ; fon amitié pour moi, trop tendre & trop fenfible, ne lui auroit pas permis d'écouter ce que j'avois à dire ; mais, vous le lui répeterez, mon Pere : je l'efpere de votre pieté, & c'eft un foin dont vous voulez bien que je vous charge. Achevons.

Mademoifelle vous a dit vrai dans le recit qu'elle vous a fait fans doute

de mon procedé avec elle: je ne l'ai
secouruë en effet, que pour tâcher de
la séduire; je crus que son infortune
lui ôteroit le courage de rester vertueuse, & j'offris de lui assurer de
quoi vivre, à condition qu'elle devint
méprisable. C'est vous en dire assez,
mon Pere; j'abrege cet horrible recit
par respect pour sa pudeur, que mes
discours passez n'ont déja que trop
offensée. Je vous en demande pardon, Mademoiselle, & je vous conjure d'oublier cette affreuse Avanture; que jamais le ressouvenir de mon
impudence ne salisse un esprit aussi
chaste que le doit être le vôtre; re-
cevez-en, pour reparation de ma
part, cet aveu que je vous fais, qui
est qu'avec vous j'ai non seulement
été un homme détestable devant Dieu,
mais encore un malhonnête homme
suivant le monde; car j'eus la lâcheté
en vous quittant, de vous reprocher
de petits présens que vous m'avez ren-
voyez; j'insultai à la triste situation
où je vous abandonnois, & je vous me-
naçai de me venger, si vous osiez vous
plaindre de moi.

Je fondois en larmes pendant qu'il
me faisoit cette satisfaction si généreu-
se

se & si Chrétienne: elle m'attendrit au point, qu'elle m'arracha des soupirs. Valville, & le Pere Saint-Vincent, s'essuyoient les yeux & gardoient le silence.

Vous sçavez, Mademoiselle, ajoûta Monsieur de Climal, ce que je vous offris alors; ce fut, je pense, un contract de cinq ou six cens livres de rente: je vous en laisse aujourd'hui un de douze cens dans mon Testament. Vous refusâtes avec horreur ces six cens livres, quand je vous les proposai comme la recompense d'un crime: acceptez les douze cens francs à présent, qu'ils ne sont plus que la recompense de votre sagesse. Il est bien juste d'ailleurs, que je vous sois un peu plus secourable dans mon repentir, que je n'offrois de l'être dans mon desordre. Mon neveu, que voici, est mon principal héritier; je le fais mon légataire; il est né généreux, & je suis persuadé qu'il ne regrettera point ce que je vous laisse.

Ah! mon Oncle, s'écria Valville la larme à l'œil, vous faites l'action du monde la plus loüable, & la p'us digne de vous: tout ce qui m'en

V. Partie.Eaf-

afflige , c'eft que vous ne la faites
pas en pleine fanté : quant à moi, je
ne regretterai que vous , & que la
tendreffe que vous me témoignez ;
j'acheterois la durée de votre vie de
tous les biens imaginables; & fi Dieu
m'éxauce, je ne lui demande que la
fatisfaction de vous voir vivre auffi
long - tems que je vivrai moi - mé-
me.

Et moi , Monfieur , m'écriai - je à
mon tour en fanglotant, je ne fçais
que vous répondre, à force d'être fenfible à tout ce que je viens d'entendre : j'ai beau être pauvre; le préfent
que vous me faites, fi vous mourez,
ne me confolera pas de votre perte;
je vous affure , que je la regarderai
aujourd'hui comme un nouveau malheur. Je vois, Monfieur, que vous
feriez un véritable ami pour moi ; &
j'aimerois bien mieux cela, fans com-
paraifon, que ce que vous me laiffez fi
généreufement.

Mes pleurs ici me couperent la parole; je m'apperçus que mon difcours
l'attendriffoit lui-même: ce que vous
dites - là, répond à l'opinion que j'ai
toujours eu de votre cœur, Mademoifelle , reprit-il après quelques momens

mens de silence ; & il est vrai que je justifierois ce que vous pensez à présent de moi , si Dieu prolongeoit mes jours. Je sens que je m'affoiblis , dit-il ensuite : ce n'est point à moi à vous donner des leçons ; elles ne partiroient pas d'une bouche assez pure ; mais puisque vous croyez perdre un ami en moi , qu'il me soit permis de vous dire encore une chose : j'ai tenté votre vertu, il n'a pas tenu à moi qu'elle ne succombât ; voulez-vous m'aider à expier les efforts que j'ai fait contr'elle ; aimez-la toujours , afin qu'elle sollicite la misericorde de Dieu pour moi ; peut-être mon pardon dépendra-t-il de vos mœurs. Adieu , Mademoiselle. Adieu , mon Pere , ajouta-t-il en parlant au Pere Saint-Vincent , je vous la recommande. Pour vous , mon neveu, vous voyez pourquoi je vous ai retenu ; vous m'avez vû à genoux devant elle , vous avez pû la soupçonner d'y consentir ; elle étoit innocente , & j'ai cru être obligé de vous l'apprendre.

Il s'arrêta-là , & nous allions nous retirer quand il dit encore : Mon neveu, allez de ma part priër ma sœur de rentrer. Mademoiselle, me dit-il

 après,

après , Madame de Miran m'a appris comment vous la connoiſſiez ; dans le récit que vous lui avez fait de votre ſituation , le détail de l'injure toute récente que vous veniez d'eſſuyer de moi , a dû naturellement y entrer ; dites-moi franchement , l'en avez-vous inſtruite , & m'avez-vous nommé ?

Je vais , Monſieur , vous dire la vérité , lui répondis-je un peu embaraſſée de la queſtion. Au ſortir de chez le Pere Saint-Vincent , j'entrai dans le parloir d'un Couvent , pour y demander du ſecours à l'Abbeſſe ; j'y rencontrai Madame de Miran : j'étois comme au deſeſpoir , elle vit que je fondois en larmes , cela la toucha. On me preſſa de dire ce qui m'affligeoit ; je ne ſongeois pas à vous nuire , mais je n'avois point d'autre reſſource que de faire compaſſion , & je contai tout, mes premiers malheurs, & les derniers. Je ne vous nommai pourtant point alors , moins par diſcrétion, qu'à cauſe que je crus cela inutile ; & elle n'en auroit jamais ſçû davantage, ſi, quelques jours après, en parlant de ces hardes que je renvoyai, je n'avois pas par hazard nommé
Mon-

Monsieur de Valville, chez qui je les fis porter , comme au neveu de la perſonne qui me les avoit données : voilà malheureuſement comment elle vous connut , Monſieur ; & je ſuis bien mortifiée de mon imprudence : car pour de la malice , il n'y en a point eu ; je vous le dis en conſcience : je pourrois vous tromper ; mais, je ſuis trop pénetrée & trop reconnoiſſante pour vous rien cacher.

Dieu ſoit loüé , s'écria-t il alors en addreſſant la parole au Pere Saint-Vincent ; actuellement ma ſœur ſçait donc à quoi s'en tenir ſur mon compte. Je ne le croyois pas : c'eſt une confuſion que j'ai de plus avant que je meure ; je ſens qu'elle eſt grande , mon Pere ; & je vous en remercie , Mademoiſelle : ne vous reprochez rien , c'eſt un ſervice que vous m'avez rendu , ma ſœur me connoît , & je vais rougir devant elle.

Je penſai faire des cris de douleur, en l'entendant parler ainſi. Madame de Miran rentra avec Valville ; mes pleurs & mes ſanglots la ſurprirent ; ſon frere s'en apperçut : venez , ma ſœur , lui dit-il ; je vous aurois retenue tantôt , ſi je n'avois pas craint

vo-

votre tendreſſe ; j'avois à dire des choſes que vous n'auriez pas ſoutenuës ; mais, je n'y perdrai rien ; le Pere Saint-Vincent aura la bonté de vous les redire, & graces à Dieu, vous en ſçavez déja l'eſſentiel. Mademoiſelle vous a miſe en état de me rendre juſtice. J'en ai mal uſé avec elle, le Pere Saint-Vincent me l'avoit confiée, elle ne pouvoit pas tomber en de plus mauvaiſes mains, & je la remets dans les vôtres. A toute l'amitié que vous m'avez paru avoir pour elle, ajoutez-y toute celle que vous aviez pour moi, & dont elle eſt bien plus digne que je ne l'étois. Votre cœur, tel qu'il fut à mon égard, eſt un bien que je lui laiſſe, & qui la vengera du peu d'honneur & de vertu qu'elle trouva dans le mien.

Ah ! mon frere, mon frere, que m'allez-vous dire, lui répondit Madame de Miran, qui pleuroit preſqu'autant que moi ; finiſſons, je vous prie, finiſſons : dans l'afflićtion où je ſuis, je ne pourrois pas en écouter davantage. Oui, j'aurai ſoin de Marianne, elle me ſera toujours chere, je vous le promets, vous n'en devez pas douter ; vous venez de lui donner

ſur

fur mon cœur des droits qui feront éternels. Voilà qui eſt fait, n'en parlons plus : vous voyez la douleur où vous nous jettez tous ; allons, mon frere, êtes-vous en état de parler ſi long-tems ? cela vous fatigue, comment vous trouvez-vous ?

Comme un homme qui va bien-tôt paroître devant Dieu, dit-il : je me meurs, ma ſœur; adieu, mon Pere, ſouvenez-vous de moi dans vos ſaints ſacrifices ; vous ſçavez le beſoin que j'en ai.

A peine put-il achever ces dernieres paroles, & il tomba dès cet inſtant dans une foibleſſe où nous crûmes qu'il alloit expirer.

Deux Médecins entrerent alors, & le Religieux s'en alla : on nous fit retirer, Valville & moi, pendant qu'on eſſayoit de le ſecourir. Madame de Miran voulut reſter, & nous paſſâmes dans une ſalle où nous trouvâmes un intime ami de Monſieur de Climal, & deux parentes de la famille qui alloient entrer.

Valville les retint, leur apprit que le malade avoit perdu toute connoiſ-ſance, & qu'il falloit attendre ce qui en arriveroit ; de ſorte que perſonne n'entra qu'un Eccléfiaftique qui étoit fon Confeffeur , & que nous vîmes arriver.

Valville, qui étoit affis à côté de moi dans cette falle, me dit tout bas quelles étoient ces trois perfonnes que nous y avions trouvées.

Je parle de cet ami de Monfieur de Climal , & de ces deux Dames fes parentes , dont l'une étoit la mere & l'autre la fille.

L'Ami me parut un homme froid & poli : c'étoit un Magiftrat, de l'âge de foixante ans à-peu-près.

La mere de la Demoifelle pouvoit en avoir cinquante ou cinquante-cinq; petite femme , brune , affez ronde, très-laide , qui avoit le vifage large & quarré, avec de petits yeux noirs, qui d'abord paroiffoient vifs ; mais qui n'étoient que curieux & inquiets ; de ces yeux toujours remuans , toujours occupez à regarder, & qui cherchent de quoi fournir à l'amufement d'une ame vuide, oifive, & qui n'a rien à voir en elle-même ; car, il y a de certaines gens, dont l'efprit n'eft en mouvement que par pure difette d'i-dées ; c'eft-ce qui les rend fi affamez d'objets étrangers, d'autant plus qu'il

ne

ne leur reste rien ; que tout passe en eux , que tout en fort ; gens toujours regardans, toujours écoutans, jamais pensans ; je les compare à un homme qui passeroit sa vie à se tenir à sa fenêtre ; voilà l'image que je me fais d'eux , & des fonctions de leur esprit.

Telle étoit la femme dont je vous parle ; je ne jugeai pourtant pas d'elle alors, comme j'en juge à présent que je me la rappelle : mes réflexions, quelque avancées qu'elles fussent , n'alloient pas encore jusques-là ; mais, je lui trouvai un caractère qui me déplut.

D'abord ses yeux se jetterent sur moi ; & me parcoururent ; je dis se jetterent , au hazard de mal parler ; mais , c'est pour vous peindre l'avidité curieuse avec laquelle elle se mit à me regarder, & de pareils regards sont si à charge.

Ils m'embarasserent , & je n'y sçus point d'autre remede , que de la regarder à mon tour, pour la faire cesser ; quelquefois cela réüssit, & vous delivre de l'importunité dont je souffrois.

En effet, cette Dame me laissa là ;
E 5

mais

mais ce ne fut que pour un moment:
elle revint bien-tôt de plus belle, &
me perſécuta.

Tantôt c'étoit mon viſage, tantôt
ma cornette, & puis mes habits, ma
taille, qu'elle examinoit.

Je touſſai par hazard: elle en re-
doubla d'attention, pour obſerver
comment je touſſois. Je tirai mon
mouchoir: comment m'y prendrai-je?
ce fut encore un ſpectacle intéreſſant
pour elle, un nouvel objet de curioſité.

Valville étoit à côté d'elle; la voilà qui tout d'un coup ſe retourne pour
lui parler, & qui lui demande, qui
eſt cette Demoiſelle-là?

Je l'entendis; les gens comme elle
ne queſtionnent jamais auſſi bas qu'ils
croyent le faire; ils y vont ſi étourdiment, qu'ils n'ont pas le tems d'ê-
tre diſcrets. C'eſt une Demoiſelle de
Province, & qui eſt la fille d'une des
meilleures amies de ma Mere, lui répondit Valville aſſez négligemment.
Ah! ah! de Province, reprit-elle;
& la Mere eſt-elle ici? Non, repar-
tit-il encore; cette Demoiſelle-ci eſt
dans un Couvent à Paris. Ha! dans
un Couvent! eſt-ce qu'elle a envie
d'ê-

d'être Religieufe? Et dans lequel eft-ce? Ma foi, dit-il, je n'en fçais pas le nom : c'eft peut-être qu'elle y a quelque parente, continua-t-elle? Elle eft fort jolie, vraiment, très-jolie; ce qu'elle difoit en entrecoupant chaque queftion d'un regard fur ma figure. A la fin, elle fe laffa de moi, & me quitta pour examiner le Magiftrat qu'elle connoiffoit pourtant, mais dont le filence & la trifteffe lui parurent alors dignes d'être confiderez.

Voilà qui eft bien épouvantable, lui dit-elle après; cet homme qui fe meurt, & qui fe portoit fi bien! Qui eft-ce qui l'auroit cru, il n'y a que dix jours que nous dinâmes enfemble.

C'étoit de Monfieur de Climal dont elle parloit: mais dites-moi, Monfieur de Valville, eft-ce qu'il eft fi mal? Cet homme-là eft fort, j'efpere qu'il en reviendra, qu'en penfez-vous? Depuis quand eft-il malade? Car, j'étois à la campagne moi, & je n'ai fçu cela que d'hier. Eft-il vrai qu'il ne parle plus, qu'il n'a plus de connoiffance? Oui, Madame, il n'eft que trop vrai, répondit Valville. Et Madame de Miran eft donc là-dedans,

ré-

réprit - elle ? Qui eſt - ce qui y eſt encore ? La pauvre femme! elle doit être bien déſolée , n'eſt-ce pas ? Ils s'aimoient beaucoup ; c'eſt un ſi honnête homme , toute la famille y perd. Voici une fille, qui en a pleuré hier toute la journée, & moi auſſi : (& cette fille, qui étoit la ſienne , avoit effectivement l'air aſſez contriſté , & ne diſoit mot.)

Nos yeux s'étoient quelquefois rencontrez comme à la dérobée , & il me ſembloit avoir vû dans ſes regards autant d'honnêteté pour moi , qu'elle en avoit dû rencontrer dans les miens pour elle; j'avois lieu de ſoupçonner que j'étois de ſon goût; de mon côté, j'étois enchantée d'elle , & j'avois bien raiſon de l'être.

Ah ! Madame , l'aimable perſonne que c'étoit; je n'ai encore rien vû de cet âge-là qui lui reſſemble ; jamais la jeuneſſe n'a tant paré perſonne ; il n'en fut jamais de ſi agréable, de ſi riante à l'œil, que la ſienne. Il eſt vrai que la Demoiſelle n'avoit que dix-huit ans ; mais il ne ſuffit pas de n'avoir que cet âge-là pour être jeune comme elle l'étoit, il faut y joindre une figure faite exprès pour s'embellir de ces

airs

airs leftes, finis & légers, de ces agrémens fenfibles, mais inexprimables que peut y jetter la jeuneffe; & on peut avoir une très-belle figure fans l'avoir propre & fléxible à tout ce que je dis.

Il eft queftion ici d'un charme à part, de je ne fçais quelle gentilleffe, qui répand dans les mouvemens, dans le gefte même, dans les traits, plus d'ame & plus de vie qu'ils n'en ont d'ordinaire.

On difoit l'autre jour à une Dame qu'elle étoit au printems de fon âge; ce terme de printems me fit reffouvenir de la jeune Demoifelle dont je parle, & je gagerois que c'eft quelque figure comme la fienne, qui a fait imaginer cette expreffion-là.

Je ne lis jamais les mots de Flore où d'Hebé, que je ne fonge tout d'un coup à Mademoifelle de Fare; (c'étoit ainfi qu'elle s'appelloit.)

Repréfentez-vous une taille haute, agile, & dégagée. A la manière dont Mademoifelle de Fare alloit & venoit, fe tranfportoit d'un lieu à un autre, vous euffiez dit qu'elle ne pefoit rien.

Enfin c'étoit des graces de tout ca-

rac-

ractère ; c'étoit du noble, de l'intéreffant ; mais de ce noble aifé & naturel,
qui eft attaché à la perfonne , qui n'a
pas befoin d'attention pour fe foutenir, qui eft indépendant de toute contenance , que ni l'air folâtre ni l'air
negligé n'alterent, & qui eft comme
un attribut de la figure : c'étoit de cet
intéreffant , qui fait qu'une perfonne
n'a pas un gefte qui ne foit au gré de
votre cœur. C'étoit de ces traits déli-
cats, mignons, & qui font une phy-
fionomie vive, rufée ; & non pas ma-
ligne.

Vous êtes une efpiégle, lui difois-
je quelquefois, & il y avoit en effet
quelque chofe de ce que je dis-là dans
fa mine ; mais, cela y étoit comme
une grace qu'on aimoit à y voir, &
qui n'étoit qu'un figne de gayeté dans
l'efprit.

Mademoifelle de Fare n'étoit pas
d'une forte fanté, mais fes indifpofi-
tions lui donnoient l'air plus tendre
que malade ; elle auroit fouhaité plus
d'embonpoint qu'elle n'en avoit, mais
je ne fçais fi elle y auroit tant gagné ;
du moins fi jamais un vifage a pu s'en
paffer, c'étoit le fien ; l'embonpoint
n'y auroit ajouté qu'un agrément , &
lui

lui en auroit ôté plufieurs des plus piquans & des plus précieux.

Mademoifelle de Fare, avec la fineffe & le feu qu'elle avoit dans l'efprit , écoutoit volontiers en grande compagnie , y penfoit beaucoup , y parloit peu , & ceux qui y parloient bien ou mal n'y perdoient rien.

Je ne lui ai jamais rien entendu dire qui ne fût bien placé, & dit de bon goût.

Etoit-elle avec fes amis ; elle avoit dans fa façon de penfer & de s'énoncer toute la franchife du brufque, fans en avoir la dureté.

On lui voyoit une fagacité de fentiment prompte, fubite, & naïve, une grande nobleffe dans les idées, avec une ame haute & généreufe. Mais ceci regarde le caractère , que vous connoîtrez encore mieux par les chofes que je dirai dans la fuite.

Il y avoit déja du tems que nous étions-là, quand Madame de Miran fortit de la chambre du malade, & nous dit que la connoiffance lui étoit entiérement revenuë, & qu'actuellement les Médecins le trouvoient beaucoup mieux ;

mieux; il m'a même demandé, ajoûta-
t-elle en m'addreſſant la parole, ſi vous
étiez encore ici, Mademoiſelle, &
m'a prié qu'on ne vous ramenât à votre Couvent, qu'après que vous aurez
dîné avec nous. Vous me faites tous
deux beaucoup d'honneur, lui répondis-je, & je ferai ce qui vous plaira,
Madame.

Je voudrois bien qu'il ſçût que je
ſuis ici, dit alors le Magiſtrat ſon ami,
& j'aurois une extrême envie de le
voir, s'il étoit poſſible.

Et moi auſſi, dit la Dame, n'y auroit-
il pas moyen de l'avertir ? S'il eſt
mieux, il ne ſera peut-être pas fâché
que nous entrions; qu'en dites-vous,
Madame ? Les Médecins en ont donc
meilleure eſpérance ? Helas! cela ne
va pas encore juſques-là : ils le trouvent ſeulement un peu moins mal, &
voilà tout, répondit Madame de Miran; mais, je vais retourner ſur le
champ, pour ſçavoir s'il n'y a pas
d'inconvenient que vous entriez : & à
peine nous quittoit-elle là-deſſus, que
les deux Médecins ſortirent de la chambre.

Meſſieurs, leur dit-elle ; ces deux
Da-

Dames peuvent - elles entrer avec Monſieur, pour voir mon Frere; eſt - il en état de les recevoir?

Il eſt encore bien foible, répondit l'un d'eux, & il a befoin de repos: il feroit mieux d'attendre quelques heures.

Ah! fans difficulté, il faut attendre, dit alors le Magiſtrat, je reviendrai cet après midi: ce ne fera pas la peine, fi vous voulez reſter, reprit Madame de Miran : non, dit - il, je vous fuis obligé, je ne fçaurois, j'ai quelque affaire.

Pour moi, je n'en ai point, dit la Dame, & je fuis d'avis de demeurer, n'eſt il pas vrai, Madame? Eh bien, Meſſieurs, continua-t-elle tout de fuite, dites-nous donc, que penfez-vous de cette maladie? J'ai dans l'efprit qu'il s'en tirera, moi, n'eſt - ce pas? Ne feroit - ce point de la poitrine dont il eſt attaqué? Il y a fix mois qu'il eut un rhume qui dura très-long-tems; je lui dis d'y prendre garde, il le negligeoit un peu; la fiévre eſt-elle confiderable?

Ce n'eſt pas la fiévre que nous craignons le plus, Madame, dit l'autre

Médecin , & on ne peut encore porter un jugement bien sûr de ce qui arrivera ; mais il y a toujours du danger.

Ils nous quitterent après ce difcours ;
le Magiftrat les fuivit ; & nous reftâ-
mes la Mere , la fille , Madame
de Miran , Valville & moi dans la
falle.

Il étoit tard, un laquais vint nous
dire qu'on alloit fervir. Madame de
Miran paffa un moment chez le malade ; on lui dit qu'il repofoit, elle en
refortit avec l'Eccléfiaftique qui y
étoit demeuré, qui nous dit qu'il re-
viendroit après dîné ; & nous allâmes
nous mettre à table, un peu moins
allarmez que nous ne l'avions été dans
le cours de la matinée.

Tous ces détails font ennuyans ;
mais, on ne fçauroit s'en paffer, c'eft
par eux qu'on va aux faits principaux.
A table on me mit à côté de Mademoifelle de Fare. Je crus voir à fes
façons gracieufes , qu'elle étoit bien
aife de cette occafion qui s'offroit de
lier quelque connoiffance enfemble.
Nous nous prévenions de mille peti-
tes honnêtetez que l'inclination fugge-
re

re à deux perſonnes qui ont du plaiſir à ſe voir.

Nous nous regardions avec complaiſance ; & comme l'amour a ſes droits, quelquefois auſſi je regardois Valville, qui de ſon côté, & à ſon ordinaire, avoit preſque toujours les yeux ſur moi.

Je crois que Mademoiſelle de Fare remarqua nos regards. Mademoiſelle, me dit-elle tout bis, pendant que ſa Mere & Madame de Miran ſe parloient, je voudrois bien ne me pas tromper dans ce que je penſe ; & cela étant, vous ne quitteriez point Paris.

Je ne ſçais pas ce que vous entendez, lui répondis-je du même ton, (& effectivement je n'en ſçavois rien); mais, à tout hazard, je crois que vous penſez toujours juſte, voulez-vous bien à préſent me dire votre penſée, Mademoiſelle.

C'eſt, reprit-elle toujours tout bas, que Madame votre Mere eſt la meilleure amie de Madame de Miran, & que vous pourriez bien épouſer mon Couſin ; dites-moi ce qui en eſt à votre tour.

F 2   Cela

Cela n'étoit pas aifé : la queftion m'embarraffa , m'allarma même ; j'en rougis, & puis j'eus peur qu'elle ne vît que je rougiffois, & que cela ne trahît un fecret qui me faifoit trop d'honneur. Enfin, j'ignore ce que j'aurois répondu, fi fa mere ne m'avoit pas tiré d'affaire. Heureufement, comme je vous l'ai dit , c'étoit de ces femmes qui voyent tout, qui veulent tout fçavoir.

Elle s'apperçut que nous nous parlions ; qu'eft-ce que c'eft ma fille, dit-elle, de quoi eft-il queftion ? Vous fouriez, & Mademoifelle rougit (rien ne lui étoit échapé ;) peut-on fçavoir ce que vous vous difiez ?

Je n'en ferai pas de myftère, repartit fa fille ; je ferois charmée que Mademoifelle demeurât à Paris, & je lui difois que je fouhaitois qu'elle époufât Monfieur de Valville.

Ha ! ha ! s'écria-t-elle ; eh ! mais à propos, j'ai eu auffi la même idée ; & il me femble , fur tout ce que j'ai obfervé , qu'ils n'en feroient fâchez ni l'un ni l'autre ; eh ! que fçait - on, c'eft peut - être le deffein qu'on a ; il y a toute apparence.

Et

Et pourquoi non, dit Madame de Miran, qui apparemment ne vit point de rifque à prendre fon parti dans ces circonftances, & qui par une bonté de cœur dont le mien eft encore tranf-porté quand j'y fonge, (& que je ne me rappelle jamais, fans pleurer de tendreffe & de reconnoiffance) qui, dis-je, par une bonté de cœur admi-rable, & pour nous donner d'infail-libles gages de fa parole, voulut bien faifir cette occafion de préparer les efprits fur notre mariage.

Eh pourquoi non, dit elle donc à fon tour: mon fils ne fera pas à plain-dre fi cela arrive; ah! tout le mon-de fera de votre avis, reprit Mada-me de l'are; il n'y aura certes que des complimens à lui faire, & je lui fais les miens d'avance; je ne fçache perfonne mieux partagé qu'il le fera. Auffi puis-je vous affurer, Madame, que je n'envierai le partage de per-fonne, répondit Valville d'un air franc & aifé, pendant que je baiffois la tê-te pour la remercier de fes politeffes fans lui rien dire; car, je crus devoir me taire, & laiffer parler ma bien-faitrice, devant qui je n'avois là-

 deffus

deſſus & dans cette occaſion qu'un ſilence modeſte & reſpectueux à garder. Je ne pus m'empêcher cependant de jetter ſur elle un regard bien tendre & bien reconnoiſſant ; & de la manière dont la converſation ſe tourna là-deſſus, quoique tout y fût dit en badinant, Madame de Fare ne douta point que je ne duſſe épouſer Valville.

Je m'en retournerai dès que j'aurai vû Monſieur de Climal, & puis nous reconduirons votre bru à ſon Couvent, dit-elle à Madame de Miran ; ou bien, tenez, faiſons encore mieux, je ne couche pas ce ſoir à Paris, je m'en retourne à ma maiſon de campagne, qui n'eſt qu'à un quart de lieuë d'ici, comme vous ſçavez ; je penſe que vous pouvez diſpoſer de Mademoiſelle ; écrivez, ou envoyez dire à ſon Couvent, qu'on ne l'attende point, & que vous la gardez pour un jour ou deux, moyennant quoi nous l'emmenerons avec nous ; ne faut-il pas que ces Demoiſelles ſe connoiſſent un peu davantage ? Vous leur ferez plaiſir à toutes deux, j'en ſuis ſûre.

Ma-

Mademoiselle de Fare s'en mêla, & joignit de si bonne grace ses instances à celles de sa mere, que Madame de Miran, à qui on supposoit que mes parens m'avoient confiée, dit qu'elle y consentoit, & que j'étois la maîtresse : il est vrai, ajouta-t-elle, que vous n'avez personne avec vous, mais vous serez servie chez Madame. Allez, je passerai tantôt moi-même à votre Couvent, & demain, suivant l'état où sera mon frere, j'irai sur les cinq heures du soir vous reprendre, ou je vous envoyerai chercher.

Puisque vous me le permettez, je n'hesitérai point, Madame, répondis-je.

On se leva de table. Valville me parut charmé qu'on eût lié cette petite partie ; je devinai ce qui lui en plaisoit : c'est qu'elle nous convainquoit encore de la sincerité des promesses de Madame de Miran ; non seulement cette Dame laissoit croire que j'étois destinée à son fils ; mais, elle me laissoit aller dans le monde sur ce pied-là : y avoit-il de procedé plus net, & n'étoit-ce pas-là s'engager à ne se dédire jamais ?

F 4

Sor-

Sortons de chez Monfieur de Climal. Madame de Fare ne put le voir ; on dit qu'il repofoit, & dans l'inftant que nous allions partir, Valville, par quelque difcours qu'il tint adroitement, engagea cette Dame à lui propofer de nous fuivre, & de venir fouper chez elle.

Il fait le plus beau tems du monde, lui dit elle, vous reviendrez ce foir ou demain matin, fi vous l'aimez mieux. Me le permettez-vous auffi, dit en riant Valville à Madame de Miran, dont il étoit bien aife d'avoir l'approbation ; Ouidà, mon fils, reprit-elle, vous pouvez y aller, auffi-bien ne me retirerai-je d'ici que fort tard. Et là-deffus nous prîmes congé d'elle, & nous partîmes.

Nous voici arrivez ; je vis une très-belle maifon ; nous nous y promenâmes beaucoup ; tout m'y rendoit l'ame fatisfaite. J'y étois avec un homme que j'aimois, qui m'adoroit, qui avoit la liberté de me le dire, qui me le difoit à chaque inftant, & dont on trouvoit bon que je reçûffe les hommages, à qui même il m'étoit permis de marquer modeftement du retour, auffi n'y manquois-je pas ; il

ne

me parloit, & moi, je le regardois, & ſes diſcours n'étoient pas plus tendres que mes regards ; il le ſentoit bien ; ſes expreſſions en devenoient plus paſſionnées, & le langage de mes yeux encore plus doux.

Quelle agréable ſituation ! D'un côté Valville qui m'idolâtroit ; de l'autre Mademoiſelle de Fare qui ne ſçavoit quelles careſſes me faire ; & de ma part un cœur plein de ſenſibilité pour tout cela. Nous nous promenions tous trois dans le bois de la maiſon ; nous avions laiſſé Madame de Fare occupée à recevoir deux perſonnes qui venoient d'arriver pour ſouper chez elle, & comme les tendreſſes de Valville interrompoient ce que nous nous diſions cette aimable fille & moi, nous nous aviſâmes, par un mouvement de gayeté, de le fuir, de l'écarter d'auprès de nous, & de lui jetter des feuilles que nous arrachions des boſquets.

Il nous pourſuivoit, nous courions, il me ſaiſit, elle vint à mon ſecours, & mon ame ſe livroit à une joye qui ne devoit pas durer.

C'étoit ainſi que nous nous amu-

ſions ;

fions ; quand on vint nous avertir qu'on n'attendoit que nous pour fe mettre à table, & nous nous rendîmes dans la falle.

On foupa; on demanda d'abord des nouvelles de Monfieur de Fare qui étoit à l'armée ; on parla de moi enfuite; la compagnie me fit de grandes honnètetez ; Madame de Fare l'avoit déja prévenuë fur le mariage auquel on me deftinoit, on en félicita Valville.

Le foupé finit, les convives nous quittèrent ; Madame de Fare dit à Valville de refter jufqu'au lendemain, il ne l'en fallut pas preffer beaucoup ; je touche à la cataftrophe qui me menace, & demain je verferai bien des larmes.

Je me levai entre dix & onze heures du matin ; un quart d'heure après, entra une femme de chambre, qui venoit pour m'habiller.

Quelque inufité que fût pour moi le fervice qu'elle alloit me rendre, je m'y prêtai, je penfe, d'auffi bonne grace que s'il m'avoit été familier. Il falloit bien foutenir mon rang ; & c'étoit-là de ces chofes que je faififfois,

on

on ne peut pas plus vîte ; j'avois un goût naturel, ou, fi vous voulez, je ne fçais quelle vanité délicate, qui me les apprenoit tout d'un coup, & ma femme de chambre ne me fentit point novice.

A peine achevoit-elle de m'habiller, que j'entendis la voix de Mademoifelle de Fare qui approchoit, & qui parloit à une autre perfonne qui étoit avec elle. Je crus que ce ne pouvoit être que Valville : je voulois aller au devant d'elle ; elle ne m'en donna pas le tems ; elle entra.

Ah ! Madame, dévinez avec qui, dévinez ; voilà ce qu'on peut appeller un coup de foudre.

C'étoit avec cette Marchande de toile, chez qui j'avois demeuré en qualité de fille de boutique ; avec Madame Dutour, de qui j'ai dit étourdiment, ou par pure diftraction, que je ne parlerois plus, & qui en effet ne paroîtra plus fur la fcene.

Mademoifelle de Fare accourut d'abord à moi, & m'embraffa d'un air folâtre ; mais, ce fatal objet, cette miférable Madame Dutour, venoit de fraper mes yeux , & elle n'embraſſa qu'une ſtatuë ; je reſtai ſans mouvement , plus pâle que la mort , & ne ſçachant plus où j'étois.

Eh ! ma chere , qu'avez-vous donc ? Vous ne me dites mot, s'écria Mademoiſelle de Fare , étonnée de mon ſilence & de mon immobilité.

Eh ! que Dieu nous ſoit en aide : aurois-je la berluë ? N'eſt-ce pas vous , Marianne , s'écria de ſon côté Madame Dutour ? Eh ! pardi oui, c'eſt elle même : tenez, comme on ſe rencontre ! Je ſuis venue ici , pour montrer de la toile à des Dames qui ſont vos voiſines , & qui m'ont envoyé chercher ; & , en revenant , j'ai dit, il faut que je paſſe chez Madame la Marquiſe, pour voir ſi elle n'a beſoin de rien. Vous m'avez trouvée dans ſa chambre , & puis vous m'amenez ici, où je la trouve ; il faut croire que c'eſt mon bon Ange qui m'a inſpirée d'entrer dans la maiſon.

Et, tout de ſuite , elle ſe jetta à mon col. Quelle bonne fortune avez-vous donc euë , ajoûta-t-elle tout de ſuite ? Comme la voilà belle & bien miſe : Ah ! Que je ſuis aiſe de vous

voir

voir si brave, que cela vous sied bien ! Je pense, Dieu me pardonne, qu'elle a une Femme de Chambre. Eh! mais, dites-moi donc ce que cela signifie : voilà qui est admirable ; cette pauvre enfant ! contez-moi donc d'où cela vient.

A ce discours, pas un mot de ma part ; j'étois anéantie.

Là-dessus, Valville arrive d'un air riant ; mais, à l'aspect de Madame Dutour, le voici qui rougit, qui perd contenance, & qui reste immobile à son tour. Vous jugez bien qu'il comprit toutes les fâcheuses conséquences de cette Avanture ; ceci, au reste, se passa plus vîte que je ne puis le raconter.

Doucement, Madame Dutour, doucement, dit alors Mademoiselle de Fare ; vous vous trompez sûrement ; vous ne sçavez pas à qui vous parlez. Mademoiselle n'est pas cette Marianne pour qui vous la prenez.

Ce ne l'est pas ! s'écria encore la Marchande : ce ne l'est pas ! Ah pardi, en voici bien d'un autre ; vous verrez que je ne suis peut-être pas Madame Dutour aussi, moi: Eh! merci

de

de ma vie, demandez lui si je me trompe? Eh bien! répondez donc, ma fille; n'est-il pas vrai que c'est vous? Dites donc, n'avez-vous pas été quatre ou cinq jours en penſion chez moi, pour apprendre le Négoce? C'étoit Monſieur de Ciimal, qui l'y avoit miſe, & puis qui la laiſſa-là un beau jour de fête, bon jour, bonne œuvre; adieu, vas où tu pourras; auſſi pleuroit-elle, il faut voir, la pauvre Orpheline. Je la trouvai échevelée comme une Magdeleine, une nipe d'un côté, une nipe d'un autre; c'étoit une vraye pitié.

Mais, encore une fois, prenez garde, Madame, prenez garde; car, cela ne ſe peut pas, dit Mademoiſeile de Fare étonnée. Oh bien, je ne dis pas que cela ſe puiſſe; mais, je dis que cela eſt, reprit la Dutour. Eh, à propos, tenez, c'eſt chez Monſieur de Valville, que je fis porter le paquet de hardes dont Monſieur de Climal lui avoit fait préſent; à telles enſeignes, que j'ai encore un mouchoir à elle qu'elle a oublié chez moi; qui ne vaut pas grand argent? Mais enfin, n'impor-
te,

te, il eſt à elle, & je n'y veux rien :
on l'a blanchi tel qu'il eſt, quand il
feroit meilleur, il en feroit de meme ; &
ce que j'en dis n'eſt que pour faire voir
fi je dois la connoître. En un mot
comme en cent, qu'elle parle, ou qu'elle ne parle pas, c'eſt Marianne, &
quoi encore, Marianne : c'eſt-là le
nom qu'elle avoit quand je l'ai prife ; fi elle ne l'a plus, c'eſt qu'elle
en a changé ; mais, je ne lui en ſçavois point d'autre, ni elle non plus ;
encore étoit-ce, m'a-t-elle dit, la
niéce d'un Curé qui le lui avoit donné, car elle ne ſçait qui elle eſt. C'eſt
elle, qui me l'a dit auſſi ; que dian-
tre, où eſt donc la fineſſe que j'y
entens ? Eſt-ce que j'ai envie de lui
nuire, moi, à cette enfant, qui a
été ma fille de boutique? Eſt-ce que
je lui en veux ? Pardi, je fuis comme tout le monde, je reconnois les
gens quand je les ai vûs ; voyez,
que cela eſt difficile! Si elle eſt deve-
nue glorieufe, dame, je n'y ſçaurois
que faire ; au furplus, je n'ai que
du bien à dire d'elle ; je l'ai connue
pour honnête fille, y a-t-il rien de
plus beau? Je lui défie d'avoir mieux,
quand

quand elle feroit Ducheſſe: de quoi ſe fâche-t-elle?

A ce dernier mot, la femme de chambre ſe mit à rire ſous ſa main & ſortit; pour moi, qui me ſentois foible, & les genoux tremblans, je me laiſſai tomber dans un fauteuil qui étoit à côté de moi, où je ne fis que pleurer & jetter des ſoupirs.

Mademoiſelle de Fare baiſſoit les yeux, & ne diſoit mot. Valville, qui juſques-là n'avoit pas encore ouvert la bouche, s'approcha enfin de Madame Dutour; & la prenant par le bras, Eh! Madame, allez-vous-en, ſortez; je vous en conjure; faites-moi ce plaiſir-là, vous n'y perdrez point, ma chere Madame Dutour; allez, qu'on ne vous voye point davantage ici: ſoyez diſcrete, & comptez de ma part ſur tous les ſervices que je pourrai vous rendre.

He! mon Dieu, de tout mon cœur, reprit-elle. Helas! je ſuis bien fâchée de tout cela, mon cher Monſieur; mais, que voulez-vous? Dévine-t-on? Mettez-vous à ma place.

He! oui, Madame, lui dit-il, vous avez raiſon; mais partez, partez, je vous prie. Adieu, adieu, répondit-elle, je vous fais bien excuse. Mademoiselle, je suis votre servante (c'étoit à Mademoiselle de Fare, à qui elle parloit.) Adieu, Marianne; allez, mon enfant, je ne vous souhaite pas plus de mal qu'à moi; Dieu le sçait : toutes sortes de bonheurs puissent-ils vous arriver. Si pourtant vous voulez voir ce que j'ai encore, en s'addressant à Mademoiselle de Fare, peut-être prendriez-vous quelque chose. Eh non, reprit Valville; non, vous dit-on : j'acheterai tout ce que vous avez, je le retiens, & vous le payerai demain chez moi. Ce fut en la poussant, qu'il parla ainsi; & enfin elle sortit.

Mes larmes & mes soupirs continuoient, je n'osois pas lever les yeux, & j'étois comme une personne accablée.

Monsieur de Valville, dit alors Mademoiselle de Fare, qui jusqu'ici n'avoit fait qu'écouter, expliquez-moi ce que cela signifie.

Ah! ma chere Cousine, répondit-il en embrassant ses genoux, au nom de tout ce que vous avez de plus cher, sauvez-moi la vie, il n'y va pas de moins pour moi; je vous en conjure

par toute la bonté, par toute la géné-
rofité de votre cœur : il eſt vrai,
Mademoiſelle a été quelques jours
chez cette Marchande ; elle a perdu
ſon pere & ſa mere depuis l'âge de
deux ans, on croit qu'ils étoient étrangers, ils ont été aſſaſſinez dans un caroſſe de voiture avec nombre de domeſtiques à eux ; c'eſt un fait conſtaté ;
mais, on n'a jamais pû ſçavoir qui ils
étoient, leur ſuite a ſeulement prouvé
qu'ils étoient gens de condition ; voilà
tout ; & Mademoiſelle fut retirée du
caroſſe, dans la portiere duquel elle
étoit tombée ſous le corps de ſa mere ; elle a depuis été élevée par la
ſœur d'un Curé de village, qui eſt
morte à Paris il y a quelques mois, &
qui la laiſſa ſans ſecours, un Religieux
la préſenta à mon oncle ; c'eſt par hazard que je l'ai connuë, & je l'ado-
re ; ſi je la perds, je perds la vie. Je
vous ai dit que ſes parens voyageoient
avec pluſieurs domeſtiques de tout
ſexe, elle eſt fille de qualité, on n'en
a jamais jugé autrement ; ſa figure,
ſes graces, & ſon caractère en ſont
encore de nouvelles preuves ; peut-
étre même eſt-elle née plus que moi ;

peut-

peut-être que si elle se connoissoit, je serois trop honoré de sa tendresse. Ma mere, qui sçait tout ce que je vous dis-là, & tout ce que je n'ai pas le tems de vous dire, ma mete est dans notre confidence, elle est enchantée d'elle; elle l'a mise dans un Couvent; elle consent que je l'aime, elle consent que je l'epouse; & vous êtes bien digne de penser de même; vous n'abuserez point de l'accident funeste qui lui dérobe sa naissance; vous ne lui en ferez point un crime; un malheur, quand il est accompagné des circonstances que je vous dis, ne doit point priver une fille, d'ailleurs si aimable, du rang dans lequel on a bien vû qu'elle étoit née, ni des égards & de la consideration qu'elle mérite de la part de tous les honnêtes gens. Gardez donc votre estime & votre amitié pour elle; conservez-moi mon épouse, conservez-vous l'amie la plus digne de vous; une amie d'un mérite & d'un cœur que vous ne trouverez nulle part; d'un cœur que vous allez acquerir tout entier, sans compter le mien, dont la reconnoissance sera éternelle & sans bornes: mais, ce n'est pas assez que

de ne point divulguer notre secret ;
il y avoit tout-à-l'heure ici une femme
de chambre qui a tout entendu, il faut
la gagner, il faut se hâter.

C'est à quoi je songeois, dit Mademoiselle de Fare, qui l'interrompit,
& qui tira le cordon d'une sonnette,
& je vais y remedier. Tranquillisez-
vous, Monsieur, & fiez-vous à moi.
Voici un Récit, qui m'a remuée jusqu'aux larmes : j'avois beaucoup d'estime pour vous, vous venez de m'en
donner mille fois davantage ; je regarde aussi Madame de Miran, dans cette occasion-ci, comme la femme du
monde la plus respectable ; je ne sçaurois vous dire combien je l'aime ; combien son procedé me touche, & mon
cœur ne le cedera pas au sien ; essuyez
vos pleurs, ma chere Amie, & ne
songeons plus qu'à nous lier d'une
amitié qui dure autant que nous, ajoûta-t-elle en me tendant la main, sur
laquelle je me jettai, que je baisai, &
que j'arrosai de mes larmes, d'un air
qui n'étoit que suppliant, reconnois-
sant, & tendre, mais point humilié.

Cette amitié, que vous me faites
l'hon-

l'honneur de me demander, me fera plus chere que ma vie; je ne vivrai que pour vous aimer tous deux, vous & Valville, lui dis-je à travers des fanglots que m'arracha l'attendriffe-ment où j'étois.

Je ne pûs en dire davantage. Mademoifelle de Fare pleuroit auffi en m'embraffant, & ce fut en cet état que la furprit la femme de chambre, dont je vous ai parlé, & qui venoit fçavoir pourquoi elle avoit fonné.

Approchez, Favier, lui dit-elle, du ton le plus impofant: vous avez de l'attachement pour moi, du moins il me le femble: quoi qu'il en foit, vous avez-vû ce qui s'eft paffé avec cette Marchande; je vous perdrai tôt ou tard, fi jamais il vous échape un mot de ce qui s'eft dit; je vous perdrai: mais, auffi, je vous promets votre fortune pour prix du filence que vous garderez. Et moi, je lui promets de partager la mienne avec elle, dit tout de fuite Valville.

Favier, en rougiffant, nous affura qu'elle fe tairoit; mais, le mal étoit fait: elle avoit déja parlé; & c'eft-ce que vous verrez dans la fixième Partie, avec tous les évenemens que fon indifcrétion caufa: les Puiffances même s'en mêlerent. Je n'ai pas oublié, au refte, que je vous ai annoncé l'Hiftoire d'une Religieufe, & voici fa place; c'eft par où commencera la fixième Partie.

Fin de la cinquième Partie.

J. V. Schley fecit 1757.